Lena Johannson

Himmel über der Hallig

atb aufbau taschenbuch

Lena Johannson, 1967 in Reinbek bei Hamburg geboren, war Buchhändlerin, bevor sie freie Autorin wurde. Vor einiger Zeit erfüllte sie sich einen Traum und zog an die Ostsee.

Bei Rütten & Loening und im Aufbau Taschenbuch sind ihre Romane »Dünenmond«, »Rügensommer«, »Himmel über der Hallig«, »Die Inselbahn«, »Liebesquartett auf Usedom«, »Der Sommer auf Usedom«, »Strandzauber«, »Sommernächte und Lavendelküsse«, »Die Bernsteinhexe« sowie die Kriminalromane »Große Fische« und »Mord auf dem Dornbusch« lieferbar.

Mehr zur Autorin unter www.lena-johannson.de.

Lea hat eine schwere Zeit hinter sich. Ihre Krankheit hat sie zu einem anderen Menschen gemacht. Um sich abzulenken, flieht sie auf die Hallig Hooge. Hier genießt sie das ruhige Leben und forscht als Kunsthistorikerin einer Christusfigur nach, die das Meer im 19. Jahrhundert angespült hat. Und hier trifft sie den Orgelbauer Christoph. Stundenlang gehen sie am Meer spazieren und verlieben sich. Christoph will Lea mit auf seine Insel Sylt nehmen – doch Lea möchte bleiben. Dann jedoch passiert ein Unglück, und die Schatten ihrer Krankheit kehren zurück.

Lena Johannson

Himmel über der Hallig

Roman

atb aufbau taschenbuch

MIX
Papier aus verantwortungsvollen Quellen
FSC® C083411

ISBN 978-3-7466-3423-4

Aufbau Taschenbuch ist eine Marke
der Aufbau Verlag GmbH & Co. KG

1. Auflage 2018

Die Originalausgabe erschien 2012 bei Rütten & Loening,
einer Marke der Aufbau Verlag GmbH & Co. KG
Umschlaggestaltung www.buerosued.de, München
unter Verwendung eines Bildes von
© Mauritius Images / imageBROKER / Sabine Lubenow
Gesetzt aus der Minion Pro durch Greiner und Reichel, Köln
Druck und Binden CPI books GmbH, Leck, Germany
Printed in Germany

www.aufbau-verlag.de

Für Hooge. Danke, dass es dich gibt!

Ein Wort vorweg …

Die Personen dieses Romans sind frei erfunden. Also jedenfalls die meisten.

Die Schwierigkeit beim Schreiben der Geschichte war, dass auf Hallig Hooge momentan hundertundsieben Menschen leben, wenn ich auf dem aktuellsten Stand bin, was nicht immer ganz einfach ist. Darunter ist ein Pastor, ein Bürgermeister, ein Briefträger, eine Betreiberin eines Souvenirshops, eine, die Lebensmittel verkauft, der Lehrer, die Kindergärtnerin, usw. … Zentrale Personen müssen vorkommen. Und auch die typischen Namen, die jeder auf Hooge dauernd im Ohr hat, müssen sein, sonst könnte die Atmosphäre nicht gelingen. Aber natürlich darf ich keine real existierenden Menschen beschreiben. Das wäre nicht fair, denn dann würde sich dieser Roman in der Wahrnehmung des Lesers und Hooge-Besuchers zu sehr mit der Wirklichkeit vermischen, und das würde womöglich ein falsches Licht auf den einen oder anderen werfen.

Also: Typen, Charaktere, Figuren sind frei erfunden. Sie haben mit den Hallig-Lüüd, die ich kennenlernen durfte, rein gar nichts zu tun. Ihre Namen haben sie völlig zufällig bekommen. Auch die Geschichte mit der Christus-Figur stimmt so nicht. Doch, sie stimmt. Nur die Ergebnisse der Nachforschungen, von denen hier erzählt wird, inklusive der Geschichte von Ockenswarft, stimmen nicht.

Unverändert sind die Namen der Cafés und Restaurants. Aber auch hier gilt: Was sich dort abspielt, ist meine Fantasie und lässt weder auf das echte Personal schließen, noch hat es sich so an diesen Orten zugetragen.

Ein Wort an die Hallig-Leute: Ich hatte meine Augen und

Ohren offen, habe meinen Figuren in den Mund gelegt, was ich hier und da aufgeschnappt habe. Kritik und Protest also bitte ggf. direkt und ausschließlich zu mir!

I

Das Fenster ist sehr schön!« Lea betrachtete das bunte Glas. Es zeigte einen Ertrinkenden, der in Todesangst seine Arme nach Jesus Christus ausstreckte. »Herr hilf mir!«, stand darunter. Sie bekam eine Gänsehaut. So oft hatte sie gebetet, Hilfe erfleht in den vergangenen Monaten, obwohl sie in ihrem Leben nie eine große Kirchengängerin gewesen war. Anscheinend hatte es geholfen. Immerhin war sie jetzt hier, oder etwa nicht?

»Ein Motiv mit Symbolkraft«, sagte der Pastor und lächelte versonnen. »Das ist Petrus.« Er deutete auf den Ertrinkenden. »Er konnte über das Wasser gehen, genau wie Jesus. Aber nur so lange, bis er die Angst zuließ. Sobald ihm das Vertrauen abhandenkam, versank er.«

Lea zog den Kragen ihres Daunenmantels fester um sich. Es war kalt in der kleinen Kirche. »Die Angst fragt nicht lange, ob jemand sie zulässt. Sie ist einfach da, meinen Sie nicht?«, gab sie zu bedenken.

Er wiegte den Kopf, statt zu antworten. »Dieses Fenster erzählt eine ganze Geschichte, finde ich.« Der Pastor sah sie freundlich an. »Eine Geschichte von Ängsten, Vertrauen und Zweifel. Es hat übrigens auch eine interessante Geschichte. Ein Kaufmann aus Hamburg hat das bunte Kirchenfenster gespendet. Sein Name war Feddersen. Jahr für Jahr kam er nach Hooge, um seinen Bruder zu besuchen. Es war im Jahr 1919, als er mal wieder von Föhr anreiste. Eine direkte Verbindung vom Festland gab es damals ja noch nicht. Jedenfalls wurde er im Sturm über Bord geschleudert und wäre beinahe ertrunken.«

Der Pastor machte eine Pause und betrachtete das gläserne Bild, als wären dort die Geschehnisse von damals zu sehen. »Aber er wurde in letzter Sekunde vor dem Ertrinken gerettet. Ein Wunder. Als Dank dafür spendete er dieses Fenster.« Wieder eine Pause. Er hatte Zeit. »So ist es mit allem hier«, sagte er schließlich. »Jedes Stück hätte etwas zu erzählen, wenn es könnte.« Die Begeisterung für »sein« Gotteshaus war nicht zu überhören. Seine Augen, mit buschigen Brauen darüber, strahlten. Lea wollte nach dem Kruzifix fragen, das hier vor vielen Jahren, wie es hieß, angeschwemmt worden sein sollte. Doch der Halligpastor sprach schon weiter.

»Ist Ihnen aufgefallen, dass an der Wange einer Bank 1624 geschrieben steht?«

»Tatsächlich.« Sie stutzte. »Ich dachte, mit dem Bau dieser Kirche sei erst um 1640 begonnen worden.«

»1637, um genau zu sein. So steht es jedenfalls in den Kirchenrechnungsbüchern. Das Gestühl, auch das Taufbecken und die Kanzel sind einmal für Osterwohld angefertigt worden. Das war ein Ort auf Alt-Nordstrand, der 1624 eine neue Kirche bekam. Nur zehn Jahre später hat eine schlimme Sturmflut die Westküste verwüstet und die neue Kirche zerstört.«

Lea fragte sich, ob eine Sturmflut nicht immer schlimm sei. Gleichzeitig versuchte sie, sich die Gewalt vorzustellen, die die Nordsee offenbar aufzubringen in der Lage war. Wenn eine Kirche komplett zugrunde gerichtet werden konnte, mussten Wellen und Sturm eine wahrlich unheilige Allianz eingegangen sein und sich gegenseitig in ihrem zerstörerischen Treiben ebenso grausam wie perfekt unterstützt haben.

»Von neuntausend Menschen, die damals hier auf den Inseln und Halligen und an den Küsten lebten, sind beinahe sechseinhalbtausend ums Leben gekommen«, fügte der Pastor hinzu, als habe er ihre Gedanken gelesen. »Nicht nur die Kirche von Osterwohld ist untergegangen, sondern viele andere auch.«

»Aber Teile des Inventars wurden gerettet?«

»Allerdings.« Er nickte eifrig. Seine Augen blitzten. »Das müssen Sie sich vorstellen: Es tobte der Dreißigjährige Krieg, die Männer waren alle fort im Feld. Also machten sich die Frauen, nachdem das Meer sich wieder zurückgezogen hatte, auf ins Watt, um alles zu retten, was noch zu gebrauchen war. Und da haben die Frauen von Hooge dann Teile der Einrichtung des Osterwohlder Gotteshauses gefunden und geborgen.«

»Wo haben sie nur die Kraft und den Mut hergenommen, allein ins Watt hinauszugehen? Das ist wirklich beachtlich.«

»Ja«, stimmte er ihr zu und nickte wiederum, »das ist es. Sie haben eben keine Angst zugelassen und nie die Zuversicht verloren. Das ist ganz wichtig.«

»Das klingt für meinen Geschmack etwas sehr einfach. Mehr als jeder Zweite um einen herum tot oder vermisst, eingestürzte Häuser und die Männer unerreichbar weit entfernt, da bekommt man es mit der Angst zu tun, ob man will oder nicht.«

»Sicher, da haben Sie recht. Das Entscheidende ist aber, ob man sich von der Angst unterkriegen lässt.« Er blickte wieder zu dem farbenfroh leuchtenden Kirchenfenster. »Wer das zulässt, der geht unter.«

Sie folgte kurz seinem Blick, betrachtete dann aber lieber die Kanzel aus der Nähe. Was sie wohl wiegen mochte? Wie viele Frauen hatten an ihr gezerrt, weil sie wussten, wie kostbar sie war, welche Mühe es bedeutet hätte, eine neue Kanzel so prächtig zu gestalten. Lea ließ die kalten Finger über die aus Holz geschnitzten Apostel gleiten. Eine herrliche Arbeit! Schnell versenkte sie die Hände wieder in den Taschen ihres Mantels und versuchte, den Text unter den Szenen aus dem Leben Jesu zu entziffern.

»Das sind Zitate aus der plattdeutschen Bugenhagen-Bibel«, erklärte ihr der Pastor. Auch er war zwischen die Bänke getreten.

»Einiges kann ich lesen, aber längst nicht alles«, gab Lea zu und lächelte. »Für mich ist Plattdeutsch eine Fremdsprache.«

»Nicht nur für Sie«, erwiderte er lachend. »Auf Hooge sind über die Hälfte der Einwohner Zugezogene. Ich übrigens auch. Wir müssen die Sprache richtig lernen, wenn wir platt schnacken wollen.«

Die Kälte aus dem roten Backsteinfußboden kroch durch die Sohlen von Leas Winterstiefeln und machte ihre Zehen steif. Sie versuchte, sie ein wenig zu bewegen, und blickte unwillkürlich nach unten. Dabei entdeckte sie zwischen den Bänken Holzplanken und feinen Sand mit Muscheln darin. Sie erinnerte sich, darüber gelesen zu haben, dass das Wasser, sollte je wieder eine Sturmflut kommen und die Kirchwarft mitsamt dem kleinen Gotteshaus überschwemmen, im Sand schnell wieder versickern konnte, anstatt lange im Gemäuer zu stehen und Schäden anzurichten. Für jemanden vom Festland war der Gedanke, dass die Nordsee mehrmals im Jahr so heftig über das winzige Eiland schwappte, dass nur noch die Warften aus dem Wasser schauten, schon beängstigend genug. Die Vorstellung, selbst hier könnten die eisigen Wogen eindringen, war ihr mehr als unheimlich.

Ihr Blick wanderte zu einer der beiden Längswände, aus der der Putz so heftig bröckelte, dass stellenweise breite graue Furchen zwischen den Mauersteinen entstanden waren. Kein Wunder, ging es ihr durch den Kopf, die Feuchtigkeit, die salzige Luft und überhaupt die raue Witterung, der die gesamte Hallig ausgesetzt war, konnten einem Bauwerk schon zu schaffen machen. Es war erstaunlich, dass es überhaupt die vergangenen dreihundertsiebzig Jahre oder mehr überdauert hatte.

»Und das ist also das geheimnisvolle Kreuz«, stellte sie fest und betrachtete die dunklen Holzbalken und die schlicht geschnitzte Christusfigur daran.

»Ja, das ist es. Zwanzig Menschen sind damals in der Sturmflut im Jahr 1825 ums Leben gekommen. Als sich das Wetter langsam beruhigt hat, gingen die Hooger Jungs zum Holzsammeln, wie immer nach einem Sturm. Und da fanden sie den Christus, der angespült worden war. Arme und Beine waren nicht komplett. Aber man hat ihn liebevoll restauriert. Sehen Sie, man kann gar nicht erkennen, was neu gemacht wurde. Und ein schönes Kreuz hat er auch bekommen. Die Leute meinen, dass er sehr alt ist und von einem spanischen Schiff stammt.«

Die Art, wie der Mann mit dem weißen Haar betonte, ließ sie an einen Märchenerzähler denken. Bestimmt hatte er viel mit Kindern gearbeitet, vermutete sie.

»Inzwischen gibt es aber einen Wissenschaftler, der das ganz anders sieht«, warf sie ein, ohne die Augen von der hölzernen Skulptur nehmen zu können. So einfach, wie sie war, so ausdrucksvoll war sie gleichermaßen. Lea konnte sich ihrer Ausstrahlung einfach nicht entziehen. »Er meint, das Kreuz wäre keinesfalls spanische Handwerkskunst, sondern könne eher aus einer Kirche in dem bereits erwähnten Osterwohld stammen, die bei der großen Mandränke zerstört wurde. Sagt man das hier nicht so?« Sie blickte ihn verunsichert an.

»Mandränke, ja, so sagt man hier.« Wieder sein eifriges Nicken. »Ein passender Name, nicht? Es sind jedes Mal Männer ertrunken. Und Frauen natürlich. Aber nicht mehr, seit das Kreuz hier hängt. Ganz egal, woher es stammt, die Hooger sagen, dass zumindest keiner mehr sein Leben bei einer Sturmflut verlieren musste, seit es hier seinen Platz gefunden hat. Und das wird auch so bleiben, solange es dort hängt. Das ist das Wichtigste.«

»Stimmt.« Lea zog die eisigen Hände aus der Tasche und rieb sie aneinander. »Um mehr herauszufinden, bin ich ja da. Ich hoffe, das gelingt mir, bevor ich erfroren bin«, scherzte sie. In Dortmund hatte es schon den einen oder anderen milden Märztag gegeben, und man hatte ahnen können, dass die Natur sich für den Frühling bereit machte. Hier dagegen hatte der Winter das kleine Eiland noch fest im Griff. Es lag Schnee, und die Priele schliefen unter einer Eisschicht.

Nachdem sie sich verabschiedet hatte, stapfte Lea von der Kirchwarft zu dem Weg, der zur Hanswarft führte, dem Herzen Hooges. Hafenmeister Thorben, der sie mit ihrem Gepäck am Anleger abgeholt und ihr gleich gesagt hatte, dass man sich unter Hallig-Leuten duze, hatte ihr den Tipp gegeben, dass »der Seehund« von achtzehn bis zwanzig Uhr geöffnet habe.

»Oder hast du Proviant für den ersten Abend mit? Sonst musst du nämlich bis morgen früh warten. Dann macht der Hallig-Kaufmann auf.«

Sie hatte angenommen, er wolle sie auf den Arm nehmen, doch seine Miene deutete eigentlich nicht auf einen Spaß hin. Darum hatte sie ihn ungläubig gefragt, ob tatsächlich nur ein einziges Restaurant geöffnet habe, und dann auch nur für zwei Stunden.

»So isses«, kam es wie aus der Pistole geschossen zurück. »Mehr lohnt sich noch nicht.«

Es war jetzt kurz nach sechs, und Lea war müde und hungrig. Sie zog ihre Kapuze fest zu. Der Wind kam direkt von vorn, blies ihr kleine Nadeln – es hatte zu regnen begonnen – in die Augen und das Gesicht und zerrte an ihrem Mantel. Nein, so kalt hatte sie es sich nicht vorgestellt. Es war ihr erster Tag, und schon zweifelte sie mit jedem Schritt, den sie sich mühsam gegen den Sturm vorwärts kämpfte, ob es eine gute Idee gewesen war, hierherzukommen. Vor zwei Jahren hatte sie eine Reportage im Fernsehen gesehen, in der ein Projekt vorgestellt wurde, das sich *Hand gegen Koje* nannte. Vier Stunden täglich ehrenamtliche Mitarbeit auf der Hallig gegen eine freie Koje, eine kostenlose Unterkunft also. Auf Segelschiffen waren derartige Handel üblich. Man packt mit an, wird Teil einer Crew und erhält dafür einen Schlafplatz. Lea fand den Bericht damals interessant. Sie liebte das Meer und ganz besonders die Nordsee. Warum also nicht ein bisschen arbeiten, die Einheimischen kennenlernen und günstig Urlaub machen? Sie hatte überlegt, ob sie sich bewerben sollte, aber irgendwie war ihr der Alltag dazwischengekommen. Als Kunsthistorikerin hatte sie das Glück, mit zwei Verlagen eng zusammenzuarbeiten, die bei ihr einzelne Kapitel oder auch ganze Bücher zu den unterschiedlichsten Themen in Auftrag gaben. Sie hatte viel zu viel zu tun gehabt und ihren Urlaub immer wieder verschoben. *Hand gegen Koje* hatte sie irgendwann vergessen.

Erst als sie vor sechs Monaten die vierwöchige Reha hinter sich hatte und man ihr sagte, sie solle sich noch eine gute Weile schonen, stolperte sie erneut über die Hallig und die Möglichkeit eines günstigen Aufenthaltes. Sie hatte den Artikel eines

Bremer Wissenschaftlers gelesen, der das bis dato angenommene Alter einer Jesus-Figur anzweifelte, die auf Hooge vor vielen Jahren angespült worden war. Sofort kam ihr der Fernsehbericht wieder in den Sinn. Und plötzlich war da die Idee, die Herkunft des Kreuzes vor Ort zu erforschen. Besonders anstrengend würde das schon nicht sein, hatte sie sich gesagt. Als sie jetzt kaum Luft bekam, weil ihr der Sturm so heftig entgegenblies, als wolle er sie vertreiben, war sie dessen nicht mehr sicher. Damals hatte sie angenommen, das Reizklima würde ihr guttun. Sie hatte geglaubt, sie könne kurzfristig reisen und herrliche Sommerwochen auf der Hallig verbringen. Doch da hatte sie sich gründlich getäuscht. Erst Anfang März sei ein Platz frei, hatte man ihr erklärt. Nun gut, Nordsee im Winter klang auch nicht übel. Irgendwie hörte es sich für Lea nach totaler Entspannung an. Die freundliche Mitarbeiterin des Gemeindebüros hatte ihr die Rahmenbedingungen erklärt. Nein, ihre Nachforschungen könnten nicht als ehrenamtliche Mitarbeit gewertet werden, sie müsse schon auch Bürotätigkeiten übernehmen. Das wäre im März aber noch nicht so wahnsinnig viel, so dass ihr sicher auch während des Dienstes noch Zeit für ihre Recherchen bliebe. Den Rest müsse sie dann eben am Nachmittag erledigen. Es sei auch gar nicht schlecht, wenn sie etwas zu tun hätte.

»Hooge im Winter ist nichts für Anfänger. Das kann ganz schön einsam sein«, hatte die Dame sie gewarnt.

Endlich erreichte Lea Hanswarft. Ihr Daunenmantel war nass, beim Erklimmen des kleinen Weges, der hinauf zum *Uns Hallig Hus* führte, in dem das Gemeinde- und Tourismusbüro untergebracht war, rutschte sie auf den eisglatten Steinen aus und konnte sich nur mit Mühe abfangen. Großartig, der fiese Nieselregen fror offenbar augenblicklich am Boden fest. Sie setzte behutsam einen Fuß vor den anderen, kam nur langsam voran. Dann erreichte sie die Warftmitte. Hier gab es zauberhafte kleine Häuser mit Reetdächern, auf denen winzige Eiskristalle glitzerten. Sie betrat das Gasthaus *Zum Seehund* und fand sich in einer großzügigen Diele wieder. Bloß raus aus dem nassen Mantel, ging es ihr durch den Kopf. Sie fröstelte. Es würde sie nicht wundern, wenn sie morgen einen Schnupfen hätte.

Der Gastraum strahlte Gemütlichkeit aus. Sie fühlte sich mit einem Schlag behaglich und irgendwie zu Hause. Wahrscheinlich lag das an der blau-weißen Einrichtung, die sie an die Küche ihrer Oma erinnerte, in der sie als Kind die schönsten Stunden verbracht hatte. Bis zu den Fenstern reichte eine blaue Holzvertäfelung, darüber waren die Wände gefliest. Waren das Delfter Kacheln?, fragte sie sich. Sie wählte einen kleinen Tisch in der Ecke gegenüber der Eingangstür. In der von ihr am weitesten entfernten Ecke saß ein Mann ebenfalls alleine. Er hatte kurz aufgesehen, als sie eingetreten war, und sich dann wieder in die Lektüre seines Buches vertieft.

»Moin!« Die Wirtin, eine zierliche Person mit schwarzem Haar und sehr wachen Augen, kam hinter dem Tresen hervor und brachte ihr die Speisekarte.

»Guten Abend.«

»Darf es schon etwas zu trinken sein?«, fragte sie, während sie Lea eine Kerze anzündete.

»Ich könnte etwas gebrauchen, das mich auftaut. Vielleicht einen Glühwein oder so etwas.«

»Tut mir leid, den haben wir nicht. Ich kann Ihnen einen Grog anbieten oder Pharisäer oder vielleicht eine Tote Tante.«

»Eine was?« Lea zog die Augenbrauen hoch.

»Heißer Kakao mit Rum und Sahne. Der taut Sie garantiert auf. Ist eine Spezialität hier auf der Hallig«, erklärte sie freundlich.

»Hört sich gut an. Dann nehme ich mal eine Tote Tante.«

Die Wirtin verschwand hinter dem Tresen und bereitete Leas Kakao mit Schuss zu. Die vergrub ihre Nase derweil in die Speisekarte. Verstohlen blickte sie auf ihre Uhr. Schon kurz nach halb sieben. Sollte es an diesem Abend bei zwei Gästen bleiben, hatte Hafenmeister Thorben zweifellos recht. Dann lohnten sich der Betrieb weiterer Restaurants oder längere Öffnungszeiten kaum.

Eine Tote Tante und ein Friesen-Spezi später, Kartoffelpuffer mit einem Berg Krabben und hausgemachter Knoblauchsoße, überfiel sie eine bleierne Müdigkeit. Kein Wunder, sie war im Morgengrauen aufgestanden und hatte den ganzen Tag in überheizten Zügen gehockt. Auf Hooge angekommen, hatte Thorben sie in ihre Wohnung auf Ockenswarft gebracht und ihr während der nur wenige Minuten dauernden Fahrt erklärt, er würde sie direkt zum Pastor bringen, der nämlich für ein paar Tage auf den Kontinent müsse und sie wenigstens vorher einmal begrüßen wolle. Also hatte er ihr Gepäck ausgeladen, ihr das kleine Wohn- und noch kleinere Schlafzimmer, Küche und Bad gezeigt und sie anschließend zur Kirchwarft gefahren.

»Hat's Ihnen geschmeckt?« Die Wirtin räumte den Teller weg.

»Sehr gut! Ich bin übrigens Lea«, verkündete sie spontan und streckte der Frau die Hand hin. »Ich mache hier zwei Wochen *Hand gegen Koje* und will versuchen, etwas über das geheimnisvolle Kruzifix herauszubekommen, das in der Kirche hängt.«

»Ach, Sie sind die Kunsthistorikerin. Das ist ja schön.« Die Wirtin schüttelte Leas Hand, stellte sich ebenfalls vor und sagte: »Der Pastor hat sich so gefreut, dass Sie kommen. Es wäre toll, wenn Sie das Rätsel von dem angeschwemmten Christus lösen könnten.«

»Hoffentlich freut er sich auch noch, wenn ich herausfinden sollte, dass der gar nicht so alt und mysteriös ist, wie alle denken.«

»Klar! Ist doch egal, woher er kommt. Die Hauptsache, er hängt jetzt an Ort und Stelle. Und es wäre halt schön, seine Geschichte zu kennen.« Sie zuckte mit den Schultern. Dann blickte sie kurz zu dem anderen Gast hinüber und fragte: »Haben Sie Christoph eigentlich schon kennengelernt?«

Lea schüttelte den Kopf. »Ich bin ja heute erst angekommen und war bisher nur in der Kirche.«

»Da ist er auch meistens anzutreffen. Moment mal.« Ehe Lea sich's versah, rief die Wirtin den Fremden heran. »Christoph, hast du ein paar Minuten? Das hier ist Lea. Du weißt schon, die Kunsthistorikerin, die das Kreuz untersuchen will.«

Jeder schien hier schon vor ihrer Ankunft zu wissen, wer sie war und was sie hier wollte, dachte sie. Nun ja, Geheimnisse gab es auf einem Eiland, das gerade mal hundertundsieben Menschen ihr Zuhause nannten, wahrscheinlich nicht.

»Moin!«, tönte es aus der hinteren Ecke des Lokals zu ihr herüber. »Willkommen auf Hooge. Nett, Sie kennenzulernen. Aber ich will nicht stören, vielleicht wollen Sie lieber erst mal allein sein. Wann sind Sie denn angekommen?«

»Heute Mittag. Mit der Fähre von Schlüttsiel.«

»Wie auch sonst?« Er lachte freundlich.

Die Wirtin stellte zwei Schnapsgläser auf Leas Tisch. »Ich

stelle dir deinen Köm hier hin«, sagte sie mit einem Blick auf den Mann, der Christoph hieß. »Dann könnt ihr zur Begrüßung anstoßen, anstatt durch den ganzen Saal zu brüllen.« Und an Lea gewandt, erklärte sie: »Kleiner Verdauer. Der geht aufs Haus.«

Der Mann erhob sich, schnappte sein Buch, nahm seine Brille ab, die er in einem Futteral verstaute und dann in der Brusttasche seines Hemdes verschwinden ließ. »Darf ich?«, rief er ihr zu.

»Gern.«

»Christoph Witt«, stellte er sich vor und reichte ihr die Hand. Er hatte dunkelblondes kurzes Haar, das sich ein wenig wellte. »Am liebsten nur Christoph. Auf der Hallig duzen sich sowieso alle.«

»Das habe ich heute schon mal gehört. Also dann einfach nur Lea.« Er hatte einen angenehm kräftigen Händedruck.

»Du hast also in der Kirche zu tun?«, fragte sie neugierig.

»Ja, ich kümmere mich um die Orgel«, erklärte er, während er sich setzte. »Sie hat nach all den Jahren einen etwas schrägen Ton am Leib.« Er beugte sich vertraulich zu ihr über den Tisch. »Das hat sie mit einigen der Bewohner hier übrigens gemeinsam, wenn du mich fragst.« Um seine Augen bildeten sich kleine Netze aus Lachfältchen.

»Also bis jetzt waren alle ganz nett zu mir. Da habe ich wohl noch Glück gehabt, was?«

»Nein, nein, versteh mich nicht falsch. Die Hallig-Lüüd sind in Ordnung. Mehr als das. Sie sind einfach toll. Aber eben eigen. Das wirst du schnell merken. Ist aber kein Grund zur Sorge.« Er ergriff das kleine Glas. »Prost!«

Die Tür zur Gaststube ging auf, und ein Mann kam herein. Seine Bewegungen muteten ein wenig wie in Zeitlupe an. Gemächlich schloss er die Tür hinter sich. »Moin«, murmelte er gedehnt, ohne sich umzusehen und wahrzunehmen, ob überhaupt Gäste da waren. Nach einer Weile hatte er den Tresen erreicht.

»Moin, Alara, ist Knut da?«

»Nee, der ist doch auf dem Festland.«

»Mist, das hab ich total vergessen. So'n Schiet! Na denn tschüss.« In aller Ruhe drehte er sich um und verließ das Restaurant.

Lea sah ihm fasziniert nach. Der hatte ja wirklich die Ruhe weg.

»Das war der Bürgermeister«, erklärte Christoph und schmunzelte. »Falls du jemals etwas mit ihm zu besprechen hast, plane dafür unbedingt ganz viel Zeit ein. Er geht es gerne gemütlich an. Ohne eine Tasse Tee kommst du auf keinen Fall davon.«

»Ist das so?« Sie schüttelte den Kopf. »Wenn ich ehrlich bin, habe ich mir das auf einer Hallig genau so vorgestellt, alles schön ruhig und gemächlich. Wie sollte wohl einer Bürgermeister werden, wenn er nicht zu diesem Rhythmus passt?«

»Einerseits schon. Andererseits sind die Leute hier Widrigkeiten ausgesetzt, von denen auf dem Kontinent keiner auch nur eine Ahnung hat.«

»Kontinent?« Sie erinnerte sich, dass Thorben das Wort auch schon benutzt hatte.

»Das sagt man hier, wenn man das Festland meint.« Er grinste. »Ja, hier ist alles anders. Aber das lernst du schnell.« Er nahm den Faden wieder auf: »Jedenfalls gibt es auf einer Hallig Probleme, die du sonst nirgends hast. Da ist es mit Abwarten und Tee-Trinken längst nicht getan. Der Bürgermeister wirkt zwar ein wenig langsam, im Grunde ist er aber ganz schön auf Zack, hat ständig neue Ideen und weiß auch, wie er die umsetzen kann. Und das ist gut so, das braucht die Hallig.«

Alara trat an den Tisch. »So, es wird Zeit. Ich muss euch leider rausschmeißen.«

»Kein Problem«, sagte Lea, »ich bin sowieso todmüde.« Sie zückte ihr Portemonnaie.

»Sehen wir uns morgen früh in der Kirche?«, wollte Christoph wissen, während er einen Schein auf den Tisch legte.

»Nein, ich muss erst im Gemeindebüro antreten. Wenn ich das richtig verstanden habe, werde ich vormittags immer dort sein und kann mich dann in meiner Freizeit um das geheimnisvolle Strandgut kümmern.«

»Verstehe. Na ja, früher oder später läuft man sich sowieso wieder über den Weg.«

»Das glaube ich gern.«

Vor dem Restaurant trennten sich ihre Wege. Christoph schlug die Richtung ein, aus der Lea gekommen war. Sie machte sich auf Richtung Landsende. Wie gut, dass man ihr gesagt hatte, sie müsse sich unbedingt eine Taschenlampe mitnehmen. Je weiter sie sich von dem spärlichen Schein einiger Wohnzimmerlampen auf der Warft entfernte, desto mehr schloss sie eine Nachtschwärze ein, wie sie sie noch nicht erlebt hatte. Straßenlaternen gab es nicht. Von beleuchteten Schaufenstern oder Leuchtreklame ganz zu schweigen. Eine solche gründliche Dunkelheit war in Dortmund schlicht undenkbar. Das galt auch für diese Stille! Nur ihre eigenen Schritte waren zu hören und das Keuchen ihres Atems. Sie blieb stehen.

Nichts. Das heißt, da war nichts Künstliches, nichts von Menschen Gemachtes. Nur die Natur kleckste ein paar Geräusche in die Nacht. Sie schaltete ihre Taschenlampe aus. Der Sturm hatte abgenommen, und es hatte aufgehört zu regnen. Trotzdem rauschte und pfiff der Wind noch immer leise und bildete einen dünnen Klangteppich, einen dauerhaften Hintergrund für die Tonakzente der Vögel. Ja, tatsächlich, jetzt wurde ihr bewusst, dass Vögel kreischten und piepsten. Und das nach Sonnenuntergang! Sie legte ihren Kopf in den Nacken. Die Kälte biss und zupfte an ihren Wangen, die Stirn schmerzte. Allmählich gewöhnten sich ihre Augen an die Finsternis. Und da entdeckte sie, dass sich über ihr ein Sternenhimmel spannte, der endlos zu sein schien.

»Gott, ist das schön!«, flüsterte sie fasziniert. Da war nichts, was sich dem Blick in den Weg stellte, kein hohes Gebäude, kein Strommast, kein Verkehrsschild. Nicht einmal ein Baum. Da war einfach nur Weite, die sich gleichzeitig anfühlte, als läge der Himmel wie eine Käseglocke über der Hallig, als könne man ihn berühren, wenn man nur zum Sommerdeich gehen und die Hand ausstrecken würde.

Lea machte einige vorsichtige Schritte durch die Dunkelheit. Es war herrlich. Ein Frieden ergriff sie, wie sie ihn lange nicht gespürt hatte, wenn überhaupt jemals. Erst bei Ockenswarft angekommen, schaltete sie ihre kleine Lampe wieder an, um den Pfad zu ihrer Wohnung zu finden.

Als sie eine Stunde später im Bett lag, hatte sie ein Rauschen in den Ohren, als liefe sie noch immer durch den Wind. Ihr war schwindelig, und sie hatte ein Lächeln auf den Lippen. Die Vögel sangen sie schnell in den Schlaf.

II

Schon der dritte Arbeitstag. Die Zeit rann so schnell dahin wie die ablaufende Flut. Andererseits hatte Lea das Gefühl, schon viel länger hier zu sein als erst drei Tage. Die Kollegen hatten sie freundlich aufgenommen, immer mehr Hallig-Bewohner, die im Büro etwas zu tun hatten, waren ihr inzwischen mit Namen bekannt. Ihr war alles so vertraut, die Kaffeemaschine in der kleinen Küchenzeile hinter den Schranktüren, das rauschende, krächzende Radio, das hin und wieder eigenmächtig den Sender wechselte und plötzlich ein dänisches Programm präsentierte, und nicht zuletzt die Mitarbeiter, mit denen sie plauderte und scherzte, als würden sie sich schon lange ein Büro teilen.

Mit Christoph war sie noch einmal essen gewesen, und Alara hatte die beiden begrüßt wie langjährige Stammgäste. Lea konnte Christoph gut leiden. Stundenlang konnte sie ihm zuhören, wenn er von den verschiedenen Kirchenorgeln erzählte und von den Faktoren, die alle Einfluss auf deren Klang hatten. Überhaupt verstanden sie sich prächtig, weil sie viele gemeinsame Interessen hatten. Beide hörten klassische Musik, vor allem Mahler und Schostakowitsch, kannten sich mit bildender Kunst aus, gingen gern ins Theater, liebten aber ebenso sehr Spaziergänge in der Natur. Christoph lebte eigentlich auf Sylt, war in Westerland zur Welt gekommen und aufgewachsen. Man hatte ihn gebeten, sich einmal sämtliche Orgeln der Halligen anzusehen, um festzustellen, ob diese eine Wartung oder gar Reparatur benötigten. Also war er nach Hooge gekommen und auch nach Langeneß gefahren. Nachdem er sich ein gründliches Bild verschafft und ein Angebot abgegeben hatte, war er engagiert worden, sich um die betagten Instrumente zu kümmern.

Lea war früh dran. Sie wollte vor ihrem Dienst zum Hallig-Kaufmann gehen. Jeden Tag hatte der *Seehund* schließlich nicht geöffnet, und sie kochte auch viel zu gerne selbst, als dass sie jeden Abend in ein Restaurant hätte gehen wollen. Es hatte Schnee gegeben über Nacht. Die Fennen, so nannte man hier die Wiesen und Weiden, waren weiß überstäubt, die Morgensonne brach sich im Eis auf den Prielen und ließ sie so hell strahlen, dass man nicht hinsehen konnte. Dürre Gräser leuchteten im Morgenlicht kupfern, ein Farbklecks in der Landschaft, die aussah, als sei Lea in ein Schwarz-Weiß-Foto geraten. Einer der Gemeindearbeiter kam ihr in einem blauen VW-Bus entgegen und winkte ihr fröhlich zu. Ihr Herz machte einen Hüpfer. Als ob sie schon ganz fest in diese kleine eingeschworene Gemeinschaft gehörte, dachte sie.

Sie stapfte den Wall hinauf, der Hanswarft umgab. Auf der anderen Seite der Erhebung hatte sich eine stattliche Schneewehe gebildet, die ihre Stiefel fast bis zum Schaft verschluckte. Eine Ente glitt langsam durch den Fething zu ihrer Linken, der einen weißen Saum bekommen hatte. Die zum Teil reetgedeckten Häuser zur Rechten hatten sich mit weißen Häubchen herausgeputzt.

»Moin, Lea«, begrüßte sie Ingrid, die den kleinen Kaufmannsladen betrieb.

»Moin, Ingrid.« Sie schälte sich aus ihrer Kapuze.

»Ist das nicht eine Bescherung? Ich hoffe jeden Tag, dass es wärmer wird und wir endlich Frühling kriegen. Stattdessen gibt es noch mal Schnee.«

»Ja, das war eine Überraschung heute Morgen.«

»Och, Mensch, der Winter war so lang. Ich habe langsam wirklich keine Lust mehr«, stöhnte die Frau, die ursprünglich aus München kam.

Während Lea schon durch die wenigen Regale streifte, wollte Ingrid wissen: »Kommst du heute Abend zum Plattdeutsch-Unterricht?«

»Ich weiß nicht recht. Ich halte euch doch nur auf. Schließlich kann ich kein einziges Wort.«

»Och, das macht nichts. Die meisten von uns sind auch noch Anfänger. Außerdem ist das Ganze sowieso nicht so bierernst. Es wird immer ganz viel gelacht. Das macht dir bestimmt Spaß!«

»Mal sehen.« Sie stapelte ihren Einkauf auf den kleinen Kassentresen und bezahlte. »Schönen Tag noch.«

Auf dem kurzen Weg vorbei am Heimatmuseum zum Büro lächelte sie. Christoph hatte recht, die Hallig-Lüüd waren einfach wunderbar. Wenn sie an all die vermeintlichen Freunde dachte, die in den letzten Monaten den Kontakt zu ihr abgebrochen hatten … Als selbständige Frau mit künstlerischem Beruf und genug Geld, um sich viel gönnen, viel unternehmen zu können, war sie für sie interessant gewesen, eine angenehme Gesellschaft. Als Kranke jedoch war sie ihnen schnell zu anstrengend, und die Nachfragen nach ihrem Befinden waren von Tag zu Tag seltener geworden. Sie hatten erwartet, dass sie spätestens nach der Reha das Thema Krankheit ausklammern würde. Dass es sie jedoch weiter beschäftigte, gab dann wohl den Ausschlag, sich endgültig von ihr abzuwenden. Hier war sie eine Fremde, und doch fühlte sie sich so aufgehoben und geborgen wie lange nicht. Hatte sie sich überhaupt jemals irgendwo derartig zu Hause gefühlt?

»Moin, Lea«, tönte es ihr aus drei Mündern gleichzeitig entgegen, als sie das Büro betrat. Sie strahlte.

»Na, du hast ja anscheinend gute Laune«, stellte Kollege Lutz fest.

»Klar«, gab sie fröhlich zurück. »Bei so einer netten Begrüßung kann man doch nur gute Laune haben.«

»Und ich dachte schon, das hat was mit Frank zu tun.« Er zwinkerte ihr übertrieben zu.

Sie verstand kein Wort. »Frank? Welcher Frank denn?«

»Na, dieser Orgel-Heini.«

»Du meinst Christoph.«

»Ja, von mir aus auch Christoph.« Er winkte ungeduldig ab.

»Mach dir nichts draus, er hat's nicht so mit Namen«, meldete sich Kollegin Gabi vom anderen Schreibtisch. »Kannst froh sein, dass er nicht Paula zu dir sagt.«

An ihrem Platz lagen schon Gastgeberverzeichnisse bereit, die verschickt, und Prospekte, die gefaltet werden mussten. Also machte Lea sich an die Arbeit. Das Radio hinter ihr hatte sich heute für einen deutschen Sender entschieden und knisterte sogar ausnahmsweise fast gar nicht.

»Hast du mitbekommen, dass Martje Bandixen heute Geburtstag hat?«, sprach Gabi sie nach einer Weile an.

»Sie wird achtzig, oder? Davon habe ich gehört.«

»Ja, genau. Und, kommst du auch?«

»Ich?« Sie war überrascht. »Ich bin doch gar nicht eingeladen. Martje kennt mich nicht einmal.«

»Na und? Auf der Hallig wird nicht persönlich eingeladen. Jeder kann kommen.«

»Jeder, der dazugehört, nehme ich an«, protestierte Lea halbherzig. Es wäre schön, am Nachmittag etwas vorzuhaben. Zwar hatte sie mit ihren Nachforschungen genug zu tun, allerdings war das eben eine höchst einsame Beschäftigung. Hinzu kam, dass sie ständig aus dem Internet flog, wenn sie überhaupt mal eine Verbindung bekam. Das machte ihre Arbeit zu einer ziemlich mühsamen und frustrierenden Angelegenheit. Außerdem würde sie zu gerne einmal sehen, wie die Hallig-Leute so lebten. Bisher kannte sie nur ihre kleine Wohnung, die ziemlich schlicht eingerichtet war, den *Seehund*, den Kaufmann und den Pesel des Pastorats, die alle mit den typischen blau-weißen Kacheln aus Holland geschmückt waren. Aber das waren öffentliche Räume, keine privaten. Wie mochte die gute Stube einer Hoogerin aussehen, die schon hier geboren worden war?

»Du gehörst dazu«, wischte Gabi ihre Bedenken weg. »Außerdem musst du Martje sowieso unbedingt kennenlernen.«

»Warum?«

»Hat der Bürgermeister oder der Pastor dir nicht erzählt, dass sie das größte Archiv von ganz Hooge hat?«

»Archiv? Nein, keine Ahnung.«

»Ihr Urgroßvater hat es angelegt. Der hat alles aufgeschrieben, was seine Eltern, Tanten und Onkel ihm erzählt haben. Das hat er an seinen Sohn, Martjes Opa, weitergegeben. Der hat selbst jede Menge gesammelt und auch aufgeschrieben und das Ganze wiederum seinem Sohn vererbt.«

»Martjes Vater.«

»Genau. Der hatte es zwar nicht so mit dem Schreiben, hat dafür aber alte Zeitungen und Briefe und all so'n Zeug zusammengetragen und akribisch sortiert. Das könnte für dich doch ganz interessant sein, oder?«

»Allerdings!« Sie überschlug in Gedanken, wann der Urgroßvater etwa geboren worden sein mochte, und spürte ein deutliches Kribbeln im Bauch. Es war nicht sehr wahrscheinlich, dass er schon gelebt hatte, als die Holzfigur angetrieben wurde, aber möglich wäre es. Selbst wenn nicht … Sollte er wirklich alles haarklein aufgeschrieben haben, was man ihm von der Vergangenheit erzählt hatte, könnte diese Quelle ein Schatz für ihre Recherchen sein.

»Was könnte man der Jubilarin denn mitbringen?«, fragte sie.

Gabi lächelte.

In dem Moment ging die Tür auf, und ein Mann schlurfte mit schweren Schritten ins Büro.

»Moin«, knarzte er.

»Moin, Moin«, gab Lea fröhlich zurück.

Der Mann mit dem zerknitterten Gesicht und der von Wind und Sonne gegerbten Haut warf ihr einen missmutigen Blick zu.

»Wat is de sabbelig«, brummte er.

»Moin, Willem«, begrüßte Gabi ihn.

Willem trug Gummistiefel, eine grau-grüne Hose und eine ebensolche Jacke.

»Dat is wegen de Schaape«, sagte er, wobei er den Kiefer nur so viel bewegte, wie eben nötig.

»Was ist denn mit den Schafen?«

»Na ja, nich wegen de Schaape sunnern eentli wegen de drögde Melk.«

»Du brauchst also Trockenmilch.« Gabi lehnte sich in ihrem Stuhl bequem zurück und beobachtete ihn geduldig. »Willem, was können wir für dich tun?« Sie wusste, es würde länger dauern.

»Du hest mi doch mol drögde Melk geben. In wat för Grötten gifft dat denn de Packungen, un wo hest du de herkreegen?«

»Wir holen die immer aus Husum. Ich kann dir gar nicht sagen, welche Gebindegrößen es gibt. Wieso, brauchst du welche? Ich könnte mal Hauke anrufen. Ich denke, wir haben noch was da.«

»Dat wär goot. Wi hebbt doch Lämmer kreegen. Un dat eene Schaap is doot bleeben. Nu mutt ik twee mit de Hand optrekken.«

»Komm nachher mal bei uns vorbei, dann kannst du eine Portion bekommen. Die reicht bestimmt fürs Erste.«

»Dat is nett. Na denn, erstmol.« Damit schlurfte er davon.

Martje wohnte auf Westerwarft. Lea war nach dem Dienst nach Hause gegangen und hatte etwas gegessen. Um vier Uhr machte der Kaufmann wieder auf. Sie war pünktlich zur Stelle, um eine Flasche Kirschlikör zu kaufen und große Mengen Gummibärchen, beides Dinge, die die Jubilarin sehr mochte, wie Gabi ihr verraten hatte. Jetzt ging sie an der Ockelützwarft vorbei, auf der das Schulgebäude stand. Nur drei Schüler gab es hier, hatte sie gehört. Unvorstellbar! Mit Abschreiben oder Spickzetteln sah es schlecht aus, dachte sie. Der Lehrer, gleichzeitig Schuldirektor, sorgte sich aus gutem Grund um die Zukunft. Wenn die beiden Ältesten im Sommer auf eine weiterführende Schule auf dem Festland gingen, blieb nur noch ein Mädchen übrig, das den Unterricht besuchen würde. Ähnlich trübe sah es mit dem Kindergarten aus. Ihn besuchten nur noch zwei Mädchen und zwei Jungs. Die Hallig brauchte Nachwuchs. Aber bei der überschaubaren Anzahl derer, die das richtige Alter hatten, dafür zu sorgen, kündigte sich kein Familienzuwachs an. Während sie vorbei an Mitteltritt und Lorenzwarft lief, den Wind endlich mal im Rücken, dachte Lea darüber nach, welche Schwierigkeiten das tägliche Leben hier bereithielt. Davon hatte man auf dem Festland wirklich keine Ahnung, wie Christoph an ihrem ersten Abend gesagt hatte. Keine Kinder bedeutete, dass sowohl die Kindergärtnerin als auch der Lehrer ihre Arbeit verloren. Das wiederum konnte heißen, dass sie Hooge verlassen mussten, wenn sie nichts anderes fanden. Nur wo sollten Kinder herkommen? Junge Familien vom Festland standen nicht gerade Schlange, um hier zu leben. Kein Wunder, auch sie mussten mit irgendetwas ihren Unterhalt bestreiten, brauchten mindestens einen Arbeitsplatz. Genau die waren allerdings Mangelware. Mit Mitte dreißig wäre Lea durchaus im geeigneten Alter, um Mutter zu werden. Und die Ärzte hatten ihr diesbezüglich auch Mut gemacht. Zwar war es wohl nicht so einfach, nach ihrer Erkrankung und der für den Körper äußerst belastenden Therapie schwanger zu werden. Die Chance, das Kind gesund zur Welt zu bringen und dabei selbst am Leben zu bleiben, stand dagegen gut, hatte man ihr erklärt. Sie atmete tief durch. Jeden Tag konnte sie sich über die herrliche Luft hier freuen, die nach Salz schmeckte und mehr Energie zu enthalten schien als anderswo auf der Welt. Ein Kind – war das etwas, was sie sich für ihre Zukunft wünschte? Die Hallig wäre sicher ein guter Ort, um unbeschwert und mit der Natur aufzuwachsen. Sie stellte sich die begeisterte Reaktion vor, wenn sie erklären würde, dass sie hier eine Familie gründen wollte. Gleichzeitig fiel ihr ein, wie hoch wohl der Druck für junge Frauen, die hier lebten, sein mochte. Nicole etwa, die beinahe erwachsene Tochter des Lehrers, kam als potentielle Mutter in Frage. Bestimmt erwartete man von ihr, dass sie für den Fortbestand des Kindergartens und der Schule, im Grunde sogar der Hallig-Zukunft sorgte. Ob sie wohl ständig gefragt wurde, was die Liebe mache, ob sie nicht bald heiraten, wie viele Kinder sie denn mal haben wolle? Einfach war das bestimmt nicht.

Lea passierte Ipkenswarft. Sie war noch nie auf diesem westlichsten und schmalsten Zipfel des Eilandes gewesen. Mit einem Mal fiel ihr auf, dass sie schon eine gute Weile keinen Menschen mehr gesehen hatte. Über ihr flogen Möwen, im hier und da noch immer schneebedeckten Gras schimpften Austernfischer. Schafe kuschelten sich dicht aneinander oder suchten Schutz in kleinen hölzernen Unterständen, die wie Kartenhäuschen auf einer Fenne aufgestellt waren. Im Sommer würden die bunten Behausungen bei beinahe jeder Warft zu sehen sein. Sie fühlte sich plötzlich, als hätte es sie in einen dieser Einsame-Insel-Filme verschlagen. Sie blieb stehen, drehte sich um. Da war niemand. Sie war ganz allein auf diesem winzigen Fitzelchen Erde mitten in der unendlich scheinenden Nordsee. Ihr wurde ein wenig flau im Magen, weil sie, obwohl sie natürlich wusste, dass sie nicht allein war, eine Ahnung davon bekam, wie es sein mochte, völlig auf sich selbst gestellt zu sein.

Nur noch wenige Minuten, dann hatte sie Westerwarft erreicht. Lea schritt vorbei an dem steinernen, von gelben Flechten bewachsenen Ekke Neckepenn. Die norddeutsche Sagengestalt – oder besser gesagt, dieses sehr einfache Abbild davon, rund und gedrungen und mit zwei weißen Kulleraugen versehen, erinnerte er an einen Tintenfisch – hatte sich zur Feier des Tages ein Schneemützchen aufgesetzt. Nach wenigen Schritten stand sie vor der Klöntür eines reetgedeckten Hauses. Hier musste es sein. Lea zögerte einen Augenblick. Zum einen war sie noch nie zu der Geburtstagsfeier eines ihr völlig fremden Menschen gegangen, und es widerstrebte ihr wirklich, sich aufzudrängen, zum anderen hatte Gabi ihr gesagt, sie solle einfach klopfen und eintreten. Eine Klingel gab es nicht, die Haustüren waren ohnehin nie verschlossen. Sie fasste sich ein Herz, pochte einmal gegen das blau gestrichene Holz der zweiteiligen Tür und drückte dann die Klinke hinunter. Wie Gabi angekündigt hatte, stand sie in einer kleinen Küche. Ein Tisch vor einer Eckbank, drum herum drei Stühle, gegenüber eine Spüle mit einem Durchlauferhitzer. Meine Güte, wie lange hatte sie so ein Gerät nicht mehr gesehen! Sie schob ihre Kapuze vom Kopf und öffnete den Mantel. Am anderen Ende der Küche führte eine Tür in die Döns, das Herz des ehemaligen Bauernhofes. Sobald sie diese geöffnet hatte, wurde sie von der Hallig-Gemeinschaft geradezu aufgesaugt. Jedes Gefühl von Einsamkeit war vergessen, denn hier waren alle wieder beisammen: Hafenmeister Thorben mit seiner Frau, die Kollegen Gabi, Frerk und Lutz, Café-Betreiberin Christa, die für ihren stets selbstgebackenen Kuchen berühmt war, und der Bürgermeister natürlich. Umgeben von drei alten Damen entdeckte sie auch den Hallig-Pastor und nicht weit davon Hauke und Michael, zwei Gemeindearbeiter, die sie neulich dabei beobachtet hatte, wie sie Treibsel zusammenharkten, Spuren des letzten Landunters. Jeder rief ihr ein freundliches »Moin, Lea« zu. Diejenigen, die sie noch nicht kannte, nickten, grüßten und betrachteten sie neugierig. Gabi sprang auf und kam auf sie zu.

»Schön, dass du gekommen bist, Lea. Dann stelle ich dich mal dem Geburtstagskind vor.«

Martje war klein. Nein, das Wort klein wäre eine glatte Übertreibung für ihre Beschreibung gewesen, als würde man einen ausgewachsenen Sturm als laues Lüftchen bezeichnen oder den Mount Everest einfach nur als hohen Berg. Ihre Enkel – davon hatte sie sieben Stück – nannten sie Oma Winzig. Sehr passend. So winzig sie war, so flink war sie auch. Als Gabi nach ihr rief, hüpfte sie gerade auf ein kleines Höckerchen, holte quasi im Vorbeigehen einen Stapel Servietten aus dem Schrank und hopste an der anderen Seite wieder herunter.

»Martje, das ist Lea, die Kunsthistorikerin, von der ich dir erzählt habe. Sie untersucht, woher die angespülte Jesus-Figur stammt.«

»Moin und herzlich willkommen auf Hooge!« Es war nicht zu überhören, dass sie sich alle Mühe gab, ihr bestes Hochdeutsch zu benutzen. Sie strahlte. Das kleine Gesicht war durchzogen von Falten wie die Hallig von Prielen. Das dauergewellte dünne Haar schimmerte bläulich.

»Danke schön! Und herzlichen Glückwunsch zum Geburtstag. Ich habe Ihnen etwas mitgebracht und hoffe, Sie können etwas damit anfangen.« Lea holte die Geschenke hervor.

»Und ob ich damit etwas anfangen kann! Danke, min Deern!« Martjes Augen leuchteten. Sie schnappte Flasche und Gummibärchen und verstaute alles sorgsam im Schrank. Offenbar dachte sie nicht im Traum daran, diese Leckereien mit ihren Gästen zu teilen.

»Mögen Sie denn auch 'n Kaffee? Und ein Stück Friesentorte essen Sie doch auch bestimmt. Die hat Christa gebacken, die müssen Sie probieren.« Es hörte sich beinahe an, als hätte die kleine Jubilarin einen Text auswendig gelernt, so konzentrierte sie sich darauf, nicht in das ihr sicher besser vertraute Hallig-Platt zu rutschen.

»Gerne, danke schön.«

Ehe sie sich's versah, fand sie sich an dem Tisch wieder, an dem der Pastor mit den älteren Damen saß. Eine von ihnen war sehr kräftig. Sie hatte vor sich ein Stück Torte, griff aber dennoch ständig in die Schalen mit Keksen, die auf dem weißen Tischtuch verteilt standen. Die anderen beiden waren schlank, eine sogar so dünn, dass man ihr am liebsten ein extra großes Stück Kuchen auf den Teller laden wollte, doch dort lag bereits die Kuchengabel ordentlich auf der Serviette.

»Will der Ketelsen nicht bald mal heiraten?«, fragte die runde alte Dame den Pastor gerade.

»Welcher Ketelsen?«

»Na, der Holger.«

»Holger Ketelsen?« Er legte nachdenklich die Stirn in Falten.

»Ja, der Kapitän von der *Hauke Haien*!«

»Ach der! Ja, stimmt, der will demnächst mit mir darüber sprechen. Gestern habe ich ihn, glaube ich, auf der Fähre gesehen.«

»Wen?«

»Den Holger.«

»Nee, das kann nich sein, der hat doch sein eigenes Schiff.«

»Ach ja, die *Hauke Haien*, natürlich. Dann habe ich mich wohl verguckt.«

»Der hatte gestern eine Seebestattung.«

»Ach was, macht der das öfter?«

»Wer?«

»Na, der Holger.«

»Ach der. Weiß nich.« Kurze Pause. Dann stellte die Frau mit dem ausladenden Busen und den fleischigen Armen fest: »Jedenfalls will ich nich ins Meer geschubst werden, wenn ich mal hin bin.«

»Da wirst du doch erst verbrannt«, mischte sich die Dünne ein. »Die schubsen dich doch nicht in einem Stück in die Nordsee.«

»Ja, Verbrennen find ich gut.« Sie kniff die Augen zusammen und beugte sich nach vorn, als ob sie eine vertrauliche Information zu verbreiten hätte. Unwillkürlich beugten sich auch alle anderen, Lea eingeschlossen, ein wenig nach vorne. »Du weißt schließlich nie, ob du wirklich doot büst«, erklärte sie, »aber nach'm Verbrennen auf jeden Fall. Da bleibst du sicher doot. Bloß … ins Meer?« Sie schüttelte energisch den Kopf. »Nee, dat is mir nich geheuer.« Sprach's und schob sich ein dickes Stück Eierlikörtorte in den Mund.

»Moin, Lea! Na, alles flockig bei dir?« Kollege Lutz schob sich einen Stuhl neben ihren.

»Alles bestens!«

»Segg mol, kommt Jörg gar nicht?«

»Welcher Jörg denn?« Sie ahnte, wen er meinte.

Lutz zwinkerte höchst auffällig hinter seiner knallroten rechteckigen Brille. »Na, dein Orgel-Jörg.«

Hatte sie es sich doch gedacht. »Du meinst den Jörg, der Christoph heißt?«

»Du weißt doch, dass ich's nich so mit Namen hab. Und, kommt er auch noch?«

»Woher soll ich das wissen? Und was heißt überhaupt mein Orgel-Jörg, äh Orgel-Christoph? Ich kenne ihn doch gar nicht.«

»Dafür seht ihr euch aber ganz schön oft.« Er grinste breit. »Glaub man ja nich, so was kannst du hier geheim halten.«

»Nein, das ist mir schon klar, dass hier jeder alles mitkriegt.« Sie lächelte. »Aber es gibt überhaupt nichts zum Geheimhalten.

Und es ist auch ziemlich übertrieben, dass wir uns oft gesehen haben sollen.«

»Ich mein ja nur. Nachtigall, ick hör dir trapsen.«

»Was du so alles hörst.«

»Sag mal, wo bist du eigentlich untergebracht? Wohnst du in der Gemeindewohnung über dem Kindergarten?«

»Nein, ich wohne auf Ockenswarft.«

»Und dann bist du zu Fuß gekommen?« Seine Stimme überschlug sich, er starrte sie an.

»Na ja, auf einen Bus hätte ich ja wohl lange warten können.«

»Stimmt.« Er lachte, wurde aber gleich wieder ernst. »O Gott, Ockenswarft, du Arme! Wie kann man da bloß wohnen? Das ist doch total ab vom Schuss! Und dann guckt man auch noch ständig auf Pellworm! Nee, das geht gar nicht.«

Gabi, die gerade Kaffee nachschenkte, mischte sich ein: »Das ist ja wohl Geschmackssache. Du hältst mich ja auch für blöd, weil ich auf Lorenzwarft wohne. Aber das ist dein Problem. Ich fühle mich da sehr wohl.«

Lea musste schmunzeln. Sie hatte noch nicht erlebt, dass die Bewohner eines sehr kleinen Dorfes sich darüber ausließen, welche Straße angesagt war und wo man auf keinen Fall wohnen sollte. Jetzt war sie neugierig geworden.

»Wo wohnst du denn?«, wollte sie von Lutz wissen.

»Na, Downtown«, entgegnete er entrüstet, als wäre es absurd, etwas anderes anzunehmen. »Auf Hanswarft natürlich.«

»Das wäre mir viel zu laut und zu unruhig«, warf Gabi ein.

»Laut und unruhig? Ich kenne in ganz Dortmund keine Ecke, in der es so ruhig ist wie auf Hanswarft.«

»Dann komm mal wieder, wenn Hochsaison ist. Da hältst du den Trubel und den Lärm nicht aus!«

»Papperlapapp!« Lutz winkte ab. »Da ist wenigstens was los, da pulsiert das Leben. Lorenzwarft ist doch ein Wolkenkuckucksheim, in dem ihr nix mitkriegt.«

Gabi entzog sich der Diskussion und ging mit der Kaffeekanne zum nächsten Tisch. Da ging die Tür auf, und Christoph trat ein.

»Moin, Martje, alles Liebe zum Geburtstag!«, rief er.

Leas Herz machte einen Hüpfer. Sie freute sich, ihn zu sehen. Lutz warf ihr einen tiefen Blick zu, sie guckte schnell weg und widmete sich ihrer Torte. Es musste ja nicht sein, dass noch mehr geredet wurde.

Rund zwei Stunden später wurden die süßen Sachen weggeräumt, einige der Damen zogen kleine Plastiktüten aus ihren Handtaschen hervor und stopften die restlichen Kekse hinein. Dann kam Herzhaftes auf den Tisch: Häppchen mit geräuchertem Fisch und mit Rührei, Gürkchen und Rauchpeitschen, lange würzige Würste. Lutz hatte längst dafür gesorgt, dass Christoph neben Lea saß. Sie unterhielten sich gerade über deutsche Maler des zwanzigsten Jahrhunderts.

»Mit Max Pechstein zum Beispiel kann ich überhaupt nichts anfangen«, stellte Christoph fest. »Für meinen Geschmack haben seine Bilder weder besonders viel Ausdruck, noch lassen sie auf ein herausragendes Talent schließen. Da ist mir ein Georg Schrimpf schon lieber.«

»Ich weiß nicht.« Sie rümpfte die Nase und strich sich das dunkelbraune glatte Haar hinter das Ohr. »Seine Holzschnitte sind den Arbeiten von Pechstein ziemlich ähnlich, finde ich. Und die Bilder sind mir zu naiv.«

»Na gut, dann vielleicht ein Radziwill. Von seiner politischen

Gesinnung rede ich nicht, aber seine Bilder sind größtenteils Meisterwerke. Ausdrucksstark und voller Atmosphäre.« Er sah an ihr vorbei. »Unsere gute Oma Winzig«, wechselte er abrupt das Thema.

Lea folgte seinem Blick. »Das ist das erste Mal, dass ich sie heute sitzen sehe«, sagte sie. »Bisher war sie ständig auf den Beinen, hat etwas geholt, jemandem etwas gebracht oder einen Gast begrüßt. Wirklich bewundernswert, wie fit sie ist.«

»Lass dich nicht täuschen. Martje ist alles andere als kerngesund. Zwischenzeitlich haben wir schon gedacht, dass wir ihren Achtzigsten nicht mehr feiern werden.«

»Im Ernst? Das kann ich gar nicht glauben.«

»Nein, man sieht es ihr auch kaum an. Aber ich kenne sie, seit ich ein kleiner Stöpsel war.« Er deutete mit der Hand die Größe eines Kindes an. »Johann Binge ist mein Onkel, wir waren ständig auf Hooge. Alle Ferien habe ich hier verbracht.« Er lächelte. Anscheinend schlüpfte er gerade tief in die Erinnerungen einer sehr glücklichen Kindheit. Nur ganz kurz, dann war er wieder zurück in der Döns auf Westerwarft. »Sie sieht erschöpft aus. Hoffentlich ist sie so vernünftig, bald ins Bett zu gehen.«

Lea wollte fragen, was sie hatte, brachte aber kein Wort heraus. Zu groß war die Angst, plötzlich mit einem Thema konfrontiert zu sein, über das sie nicht reden wollte. Nicht jetzt, nicht hier.

Lutz rettete sie aus der Situation. »Wir trinken jetzt mal einen Sekt zusammen«, verkündete er und stellte auch schon drei Gläser auf den Tisch. Er schenkte so schwungvoll ein, dass der Schaum bedrohlich schnell nach oben schoss. »O nee!«, jammerte er, griff nach dem Glas und wollte es schon an die Lippen setzen. Doch dann sah er, dass er gerade noch mal Glück gehabt hatte.

»Prösterchen und Finger weg vom Alkohol«, sagte er kurz darauf fröhlich und spreizte die Finger geziert vom Stiel des Glases weg. »Schön isses mit euch. Schön, dass ihr da seid!«

Es wurde gerade dunkel, als Christoph und Lea sich verabschiedeten. Zwar wäre sie gern noch geblieben, aber sie gab Christoph recht, dass es für Martje das Beste wäre, wenn die Feier nicht mehr allzu lange dauerte. Sie hoffte sehr, dass die anderen Gäste das auch erkannten und ihren Aufbruch zum Anlass nahmen, sich ebenfalls bald auf den Heimweg zu machen. Bittere Kälte schlug ihnen entgegen, als sie das alte Haus verließen, dafür war die Luft eisklar. Der Wind stand schief und lehnte sich schwer gegen seine späten Besucher.

»Es ist so unglaublich schön hier«, sagte sie leise. »Manchmal tut es richtig weh, so schön ist es.« Sie lachte unsicher. »Verrückt, oder?«

»Überhaupt nicht. Als Kind war Hooge mein zweites Zuhause. Ich habe hier die absolute Freiheit genossen. Auf Sylt musste ich ständig aufpassen, dass ich mich nicht schmutzig mache, dass ich nicht auf die Straße laufe, dass ich niemanden störe. Auf Hooge kann einem Kind im Grunde nicht viel passieren. Mein Onkel war ohnehin ziemlich entspannt, was das betraf, und meine Eltern haben mich hier auch einfach laufen lassen. Sie wussten ja, dass ich nicht weit komme.«

»Das ist wahr.« Sie schob die Hände tiefer in die Taschen.

»Als Jugendlicher wollte ich dann irgendwann nicht mehr mit meinen Eltern verreisen. Die große Welt hat mich gelockt, und dann bin ich ja auch zum Studieren weggegangen. Erst mit siebenundzwanzig habe ich Hooge wiedergesehen. Ob du's glaubst oder nicht, ich hätte heulen können, so habe ich mich gefreut.«

»Das glaube ich dir gern.«

Sie gingen schweigend nebeneinander her. Die Böen summten ihre Melodie, begleitet von den Nachtvögeln. Ein gelber knallrunder Mond stand im Norden. Es sah aus, als habe sich ein Kirmes-Ballon mit der Schnur am Kirchendach verfangen.

»Ich habe noch nie einen solchen Himmel gesehen, noch nie die Natur so wahrgenommen wie hier«, begann sie. »Ich bin ja erst ein paar Tage da, deshalb klingt das bestimmt albern oder übertrieben, aber ich habe mich noch nie so zu Hause gefühlt. Die Menschen sind unglaublich! Sie haben mich nicht eine Minute wie eine Fremde behandelt, sondern von Anfang an wie jemanden, der dazugehört. Zum Beispiel Lutz. Eben gerade hat er wieder gesagt, wie schön es ist, dass wir hier sind. Ich wüsste nicht, wann ich das letzte Mal so etwas gehört hätte.«

»Das stimmt, sie nehmen einen mit offenen Armen auf. Das kann man von Sylt nicht gerade behaupten. Aber du darfst dich auch auf der Hallig nicht täuschen lassen. Du bist hier nur Gast. Und zu Gästen sind sie, jedenfalls meistens, ziemlich herzlich und freundlich. Aber wehe, du entschließt dich, hierzubleiben, dann nehmen sie dich erst richtig unter die Lupe.«

»Meinst du?« Sie war überrascht.

»Das weiß ich. Frag mal Thorben, Michael, Antje oder die anderen Zugezogenen. Ein Hooger werden die nie. Das bist du nur, wenn du vier Generationen auf dem Friedhof liegen hast. Du kannst höchstens ein Angenommener werden, sozusagen. Aber auch das musst du dir verdienen. Dafür prüfen sie dich auf Herz und Nieren.«

»Kann ich mir gar nicht vorstellen.« Lea dachte über das

nach, was er gesagt hatte. »Andererseits ist es auch in Ordnung. Wer Teil einer so kleinen Zwangsgemeinschaft ist, der muss schon passen. Ich verstehe vollkommen, dass die Leute das überprüfen wollen, bevor sie nachher jemanden in ihren Reihen haben, der sich nicht anpassen kann oder will.«

Kurz hinter der Ockelützwarft blieben sie stehen. Hier gabelte sich der Weg. Zur Kirchwarft musste Christoph abbiegen, Lea dagegen brauchte immer nur geradeaus zu laufen, bis es fast nicht weiter ging.

»Du machst dir ziemlich viele Gedanken darüber, wie es wäre, hierzubleiben. Ziehst du das etwa ernsthaft in Erwägung?«

Obwohl es inzwischen dunkel war, konnte sie sein offenes Gesicht unter der grauen Wollmütze noch erkennen. Seine blauen Augen fixierten sie aufmerksam.

»Na ja, so direkt eigentlich nicht«, druckste sie. »Ich meine, es gibt überhaupt keinen Anlass, das ernsthaft zu überlegen. Auf der anderen Seite … warum denn nicht?«

Er schüttelte sehr entschlossen den Kopf. »Ich liebe Hooge, aber leben möchte ich hier nicht.«

»Warum nicht?« Sie trat von einem Fuß auf den anderen.

»Das lässt sich nicht in einem Satz beantworten. Wenn wir hier noch lange stehen, wird es aber ganz schön kalt«, gab er zu bedenken. »Der *Seehund* hat zu. Es gibt keine Kneipe, in die wir uns noch auf einen Schluck setzen könnten. Einer der Gründe übrigens, warum Hooge für mich als Wohnort nicht in Frage käme.«

»Solange wir uns bewegen, frieren wir auch nicht. Ich begleite dich also einfach noch ein Stück, und du erklärst mir, was dir hier fehlt. Nur wenn du noch Zeit hast natürlich.«

Er lachte. »Wenn es hier etwas im Überfluss gibt, ist es Zeit. Außerdem muss ich ohnehin zur Kirchwarft. Du musst dann aber wieder zurück zur Hanswarft und von da nach Hause laufen. Das ist ganz ordentlich.«

Lea hatte sich insgeheim schon so manches Mal gewünscht, dass es diagonale Verbindungen gäbe. Aber so war es nicht, man konnte nicht querfeldein über die Fennen laufen, sondern musste die Straßen benutzen, die sich symmetrisch über die Hallig spannten und die Warften miteinander verbanden, vom Anleger bis zur Hanswarft, dem Herzen des Eilandes, und von Ockenswarft im Osten bis Westerwarft. Wer vom Fähranleger zur Ockenswarft oder nach Mitteltritt wollte und es eilig hatte, der verlor kostbare Zeit. Aber wann hatte man es hier schon eilig?

»Mir macht das nichts aus, ich laufe gern«, erwiderte sie.

»Was fehlt mir auf Hooge?«, kam er zum Thema zurück, als sie weiterspazierten, begleitet von einem Priel zur Rechten. »Wenn ich nur zu Besuch bin, fehlt mir gar nichts«, stellte er fest. »Für zwei Wochen, von mir aus auch für sechs Wochen habe ich hier tatsächlich alles, was ich brauche. Wenn ich zurück auf Sylt bin, merke ich allerdings, wie sehr mir zum Beispiel kulturelle Veranstaltungen gefehlt haben. Bei uns gibt es Kabarett, Theater, gute Konzerte. Du kannst dich über Kunst austauschen, triffst Menschen, die außergewöhnliche Projekte auf die Beine stellen, Ausstellungen organisieren. Nichts gegen Heimatmuseum und Co., aber auf Dauer würde mich das nicht ausfüllen.«

»Mich auch nicht. Aber wenn ich auf dem Festland irgendwo in einem kleinen Kaff wohne, habe ich das doch auch nicht vor der Haustür. Dann muss ich mich auch ins Auto setzen oder in den Bus. Von Hooge nimmst du eben die Fähre, und schon bist du auf Sylt oder auf Föhr oder Amrum. Wo ist da der Unterschied?«

»Der winzig kleine Unterschied ist, dass du nach einer Veranstaltung definitiv nicht mehr nach Hause kommst. Du musst zwangsläufig auch gleich woanders übernachten. Sehr praktisch! Was glaubst du, wie oft man das macht und wie oft man dann doch verzichtet?«

»Das liegt ja an jedem selbst«, gab sie ohne rechte Überzeugung zurück.

»Es gibt bestimmt einige, die die Hallig oft verlassen, um am Leben da draußen möglichst viel teilnehmen zu können. Bei den meisten lässt das aber ganz schnell nach, denke ich. Es kann einem ziemlich auf die Nerven gehen, sich jedes Mal ein Zimmer organisieren zu müssen. Und das Finanzielle spielt mit Sicherheit auch eine Rolle.« Da könnte etwas dran sein, dachte sie. »Was mich gewaltig stören würde, ist die fehlende Spontanität. Was ist, wenn ich mal Lust auf einen richtig guten Italiener habe oder gemütlich in einer Weinstube versacken will?«

»Ich weiß ja, was du meinst«, lenkte sie ein. »Ich denke nur, das sind alles sehr oberflächliche Aspekte, mit denen du argumentierst. Es gibt doch so viel wichtigere Dinge, zum Beispiel die Geborgenheit in der Gemeinschaft, das menschliche Miteinander.« Sie waren an der Kirche vorbei zum Seglerhaus gelaufen. »Und das hier!«, sagte sie, blieb stehen und betrachtete überwältigt den Anblick, der sich ihnen bot. Die Silhouette des Stelzenhauses, Zuhause des Seglervereins, erhob sich vor einem blauschwarzen Himmel. Der Vollmond hatte die Farbe von Eigelb und legte den Kopf schief, als blicke er gütig auf sie herab, das Meer schimmerte rötlich. »Sei ehrlich, ein schöneres Gemälde findest du in keiner Ausstellung.«

»Da hast du allerdings recht. Es ist unglaublich!«

Sie standen schweigend nebeneinander. Plötzlich musste Lea schlucken. Der Gedanke, dass sie nicht bleiben, dass sie zurück in eine Stadt voller dreckiger Straßen, voll Lärm und Hektik fahren würde, machte ihr das Herz schwer. »Ich könnte mir einen Neuanfang hier sehr gut vorstellen«, sagte sie leise.

»Neuanfang hört sich so an, als wärst du mit deinem Leben momentan nicht gerade rundum zufrieden. Gibt es denn niemanden, der in Dortmund auf dich wartet?«

»Nein.« Sie hatte schnell geantwortet und dachte erst jetzt über seine Frage nach. Es war ein komisches Gefühl, aber es gab tatsächlich niemanden, der sie vermissen würde. Natürlich, da war die Nachbarin, mit der sie sich gut verstand, und es gab auch ein paar Frauen, mit denen sie sich seit geraumer Zeit einmal die Woche zum Sport traf. »Ach, Lea ist weggezogen? Wie schade.« Das würden sie wohl sagen und dann zur Tagesordnung übergehen. Vielleicht tauschte man Adressen, schrieb sich noch zwei oder drei Jahre zu Weihnachten, wenn überhaupt so lange. Dann hatte man einander vergessen. Nein, sie würde keine Lücke hinterlassen.

»Kann ich mir gar nicht vorstellen, du machst eigentlich einen ganz netten Eindruck.« Er lächelte verschmitzt.

»Danke.« Sie schmunzelte. Auch der Mond lächelte ihr zu, als wollte er sie ermuntern zu erzählen. »Ich habe eine blöde Zeit hinter mir«, begann sie. »Ich war krank.« Sie machte eine Pause. Es fühlte sich gut an, darüber zu reden. »Von meinem Freund hatte ich mich schon vorher getrennt. Es heißt zwar, dass Gegensätze sich anziehen, aber wir waren dann doch zu unterschiedlich. Über die erste Anziehungskraft hinaus hat es nicht gereicht, jeder hat sein Ding gemacht. Er wollte über Boxen reden, hat Handball gespielt und war ständig bei diesen modernen GPS-Schnitzeljagden. Ich weiß nicht, ob du die kennst.«

»Hab davon gehört.«

»Das kann echt zur Sucht werden. Wenn wir mal zusammen weggefahren sind, hat er erst mal geguckt, ob in der Nähe irgendwo ein Schatz versteckt ist, den er suchen kann. Anscheinend kann man im Internet nachsehen, wo überall solche Gegenstände verborgen sind. Ich glaube, es gibt sogar hier auf Hooge welche.«

»Tatsächlich?«

Sie nickte. »Jedenfalls wollte er jedes Wochenende auf Schnitzeljagd gehen, während ich gerne ins Museum wollte oder zu einer Lesung. Na ja, das Übliche halt, was Paare schließlich auseinanderbringt.« Sie lächelte. Die Trennung tat schon lange nicht mehr weh. »Während meiner Krankheit haben sich dann einige Freunde von mir getrennt. Nicht alle natürlich. Einige haben zu mir gehalten. Sogar, als mir die Augenbrauen abhandengekommen sind, und das sah wirklich nicht toll aus. Aber die wohnen sowieso nicht in Dortmund«, sprach sie schnell weiter. »Okay, meine beste Freundin wohnt schon in der Nähe, sie lebt in Köln. Wir gehen einmal pro Woche zusammen in die Sauna oder ins Kino. Aber die anderen wohnen in Bremerhaven und Umgebung. Ich komme ursprünglich aus der Nähe von Bremerhaven, weißt du.«

»Aha, also bist du auch ein Nordlicht. Deshalb kommst du hier so gut zurecht und sprichst nicht diesen furchtbaren Ruhrpott-Slang.«

»Gott bewahre! Nein, mich hat's nur nach Bochum verschlagen, weil mir die Uni da am besten gefallen hat. In Dortmund habe ich dann meinen ersten Job bekommen und auch meinen Freund kennengelernt, also bin ich geblieben. Nach unserer Trennung habe ich schon überlegt, ob ich nicht wieder zurück in den Norden gehen könnte. Aber dann kam die Krankheit, und die hatte ihre ganz eigenen Ideen für mein Leben.«

»Kann ich mir vorstellen.«

Er fragte nicht, was sie gehabt hatte, drängte sie nicht, mehr zu erzählen, und erlaubte sich auch kein Urteil über das Verhalten ihrer Freunde. Genau richtig, dachte Lea.

Sie gingen langsam um das kleine Hafenbecken herum. Immer wieder musste Lea sich eine Träne abwischen, die der Wind aus ihren Augen presste. Der Kahn vom alten Ketelsen lag auf dem Trockenen. Es sah merkwürdig aus, wie er so schief dalag, rostig und plump. Er schien nichts mit den eleganten Schiffen gemeinsam zu haben, die täglich mühelos durch die Nordsee pflügten. Dabei hatte er das selbst viele Jahre getan, und wie Lea wusste, ließ Ketelsen, obwohl schon Anfang achtzig, es sich nicht nehmen, seinen Kutter noch manchmal hinauszujagen.

Schweigend überquerten sie die kleine Brücke vor der Kirchwarft. Ein schaurig-hohles metallenes Ächzen und Stöhnen mischte sich in die friedlichen Klänge der Nacht.

»Ich glaube, Ekke Nekkepenn ist heimlich von Westerwarft hierhergezogen und haust jetzt unter der Brücke«, sagte sie. Wie früher als Kind, wenn man Witze gemacht hatte, um die Angst im dunklen Keller zu vertreiben. Sie schaltete ihre Taschenlampe ein. Und ebenfalls wie ein kleines Mädchen lief sie neben Christoph hinauf bis an den Zaun, weil sie einfach noch nicht allein sein wollte. Die Grabsteine schälten sich im Schein ihrer Lampe aus der Dunkelheit. Beinahe mystisch, aber auch unendlich friedlich.

Christoph gab ihr zum Abschied einen Kuss auf die Wange. Seine Lippen waren weich und sehr kalt. Trotzdem glühte die Stelle, auf die er sie geküsst hatte, als Lea mit leichten Schritten und einem Lächeln im Gesicht nach Hause ging.

III

Moin, Lea! Na, gut nach Hause gekommen?« Lutz konnte sich sein übertriebenes Zwinkern einfach nicht verkneifen.

»Ja, sehr gut, danke«, entgegnete sie lässig.

»Bisschen Kavalier hätte Jens aber auch mal sein können und dich bis Ockenswarft bringen, finde ich.«

»Dieser Jens heißt Christoph. Sag mal, hast du uns verfolgt?«

»Nö, würde ich doch nie tun«, behauptete er in gespielter Entrüstung.

»Aber irgendjemand hockt eben immer mit dem Kieker am Fenster«, warf Gabi ein, ohne von ihrer Arbeit aufzusehen. »Das ist hier so, zu jeder Tages- und Nachtzeit.«

Lea und Christoph trafen sich so oft es nur ging. Sollten die Leute doch reden. Solange nachts jeder in seinem eigenen Bett schlief, war doch wohl nichts Verwerfliches daran. Und selbst wenn sie miteinander ins Bett steigen würden, ginge das niemanden etwas an. Sie waren beide erwachsen und ungebunden. Lea war glücklich mit der Situation, so wie sie war. Sie waren Vertraute, gingen miteinander um, als würden sie sich schon viele Jahre kennen. Lange hatte sie kein so enges Verhältnis mehr zu jemandem gehabt. Sie war froh, ihn kennengelernt zu haben, denn sie mochte ihn wirklich sehr und konnte sich nicht vorstellen, dass er je wieder aus ihrem Leben verschwinden würde. Christoph war durchaus attraktiv, klar. Er zog sie auch körperlich an. Nur konnte sie sich noch nicht vorstellen, wieder mit einem Mann intim zu werden, sich vor ihm auszuziehen. Also genoss sie die Freundschaft, die sich von Tag zu Tag zu entwickeln schien, und verdrängte den Gedanken an den ebenso täglich näher rückenden Abschied.

Martje hatte sie kurz nach deren Geburtstag noch einmal besucht. Der Gemeindepfleger Richard war bei ihr gewesen.

»He seggt, ik schull in't Bett blieven. So'n Tüdelkraam«, beschwerte sie sich mit dünner Stimme. Das winzige Köpfchen zwischen dem wuchtigen Kissen und dem dicken Daunenbett wirkte zerbrechlich und eigenartig unwirklich.

»Kein Tüdelkraam«, widersprach Lea. »Richard weiß schon, was für Sie gut ist.«

»Hett di noch keen een vertellt, dat wi op de Hallig all du toeenanner seggen?« Die kleine Frau schien komplett vergessen zu haben, dass man mit der vom Kontinent besser Hochdeutsch sprach.

»Doch, ich habe davon gehört. Aber ich kann doch eine gestandene Dame von achtzig Jahren nicht einfach duzen.«

»Na, nu warr man nich drollig, Deern. Ik heff hier keen Daam sehn.« Sie schüttelte den Kopf und musste husten.

»Zeit für deinen Mittagsschlaf«, ordnete Richard an und packte das Blutdruckmessgerät und eine kleine Schachtel mit Ampullen in seine Tasche.

Martje rollte mit den Augen. »Wann kommst du denn wieder?« Da sie sich nun bemühte, Hochdeutsch zu sprechen, war klar, dass diese Frage nicht an Richard gerichtet war. »Morgen?«

»Einspruch!«, erklärte er ungerührt. »Wenn ich das richtig verstanden habe, will Lea mit dir im Archiv stöbern. Das ist noch zu anstrengend für dich. Du kannst froh sein, wenn du morgen überhaupt schon wieder aufstehen darfst.«

»Wer entscheedet dat?«

»Ich, wenn ich morgen früh wieder nach dir sehe.« Damit schloss er die Tasche und verabschiedete sich.

Zwei Tage später hatte der Gemeindepfleger, von den Hallig-Leuten liebevoll Medizinmann genannt, Sprechstunde. Sein kleines Behandlungszimmer lag direkt neben dem Gemeindebüro. Die Stühle im Vorraum des *Uns Hallig Hus* waren bereits alle besetzt. Ein ungewöhnliches Wartezimmer, ging es Lea durch den Kopf, als sie an den Wartenden vorbei ins Büro ging.

»Moin«, begrüßte Frerk sie. »Na, warst du gestern im Kino oder shoppen?«

»Erst beim Chinesen und dann im Theater«, antwortete sie. Beide grinsten über die neue Version ihres Witzes, den sie beinahe täglich variierten. »Gabi und Lutz sind aber spät dran.« Sie sah nach der Kaffeemaschine. Die Gemeindearbeiter würden bald auf ein Tässchen vorbeischauen und Richard sicher auch.

»Lutz ist auf dem Kontinent, und Gabi bummelt heute Überstunden ab.«

Während Lea sich fragte, wie man im Winter wohl Überstunden aufbauen konnte, kam Richard herein.

»Wenn du Zeit hast, kannst du heute zu Martje gehen, Lea.

Aber bleib bitte nicht so lange. Und vor allem: Sieh zu, dass sie nicht zu viel auf den Beinen ist, okay?«

»Klar, versprochen!«

»Versprich man lieber nichts, was du nicht halten kannst. Oma Winzig ist schlimmer als ein junges Ding, was die Hummeln angeht, die sie im Hintern oder sonstwo hat. Und sie ist stur wie ein Schafbock.«

»Ich komme schon mit ihr zurecht. Kann ich ihr etwas Gutes tun? Vielleicht koche ich ihr etwas?«

»Das ist lieb gemeint, Lea, aber Martje wird bestens versorgt. So viel Besuch wie sie bekommt momentan keiner.« Sie sah ihn wohl etwas verständnislos an. Darum ergänzte er: »Das ist hier so. Wenn einer krank ist, kümmern sich alle ganz selbstverständlich. Jeder guckt mal nach dir, wenn es dir nicht gut geht, bringt dir Essen und kocht dir Tee. So, jetzt muss ich aber. Die Patienten warten.«

Als Lea am Nachmittag auf dem Weg zur Westerwarft war, fielen ihr Richards Worte wieder ein. Auf Hooge schien die Welt tatsächlich noch in Ordnung zu sein. Da kümmerte sich einer um den anderen. Sie war bestimmt nicht naiv. Sie hatte natürlich schon mitbekommen, dass nicht alle einhundertundsieben Menschen die besten Freunde waren. Auch hier gab es Reibereien und Meinungsverschiedenheiten. Aber wenn es wirklich darauf ankam, dann hielt man zusammen wie Pech und Schwefel, wie man so schön sagt. In Dortmund war es schon vorgekommen, dass jemand Tage oder gar Wochen tot in seiner Wohnung lag, weil es niemanden gab, der sich kümmerte oder der ihn vermisste. So etwas war hier undenkbar.

Es war beinahe windstill an diesem Tag. Ungewöhnlich. Dafür lag dicker Nebel über der Hallig, der die Warften zu Umrissen werden ließ, die ihr wie eine Fata Morgana erschienen. Sie muteten wie Schiffe an, die weit entfernt durch diesige See glitten. Lea kam heute mit einer Mütze aus, die Kapuze brauchte sie nicht zusätzlich über den Kopf zu ziehen. So konnte sie besser die Geräusche genießen, die ihr so lieb und vertraut geworden waren. Plötzlich war da ein Rauschen, das lauter wurde. Es klang, als käme doch wieder Sturm auf, der durch die Zweige und Blätter mächtiger Bäume fuhr. Aber hier gab es weit und breit keinen Baum. Sie blieb stehen, drehte sich um und sah einen gewaltigen Vogelschwarm, der schon ganz nah war und dann sehr dicht über ihrem Kopf dahinsauste. Welch ein Tosen und Brausen! Lea bekam eine Gänsehaut, Tränen schossen ihr in die Augen, ohne dass sie hätte erklären können, warum, und sie hielt den Atem an. Es war wie ein Rausch. Für einen kurzen Moment war sie Teil des Vogelschwarms gewesen. Noch nie zuvor hatte sie so etwas erlebt, hatte sich derartig als Teil der Natur gefühlt. Sie stand noch eine kleine Weile still, blickte den Vögeln hinterher und genoss das unerklärliche Glücksgefühl.

Martje hockte in ihrem Sessel, dessen Stoff schon ein wenig morsch geworden war und hier und da Risse zeigte. Normalerweise saß sie alltags in der Küche, die Döns war eigentlich nur für den Sonntag reserviert. Oder natürlich für Besuch. Und Lea war Besuch im Gegensatz zu den Hallig-Lüüd, die ganz selbstverständlich ein und aus gingen und irgendwie alle zur Familie gehörten.

»Moin, Martje, na, wie geht's?«

»Allerbest«, antwortete die, ohne zu zögern. Ihre Stimme

hatte etwas an Kraft zurückgewonnen, aber Martje war sehr blass, ihre Bewegungen langsamer, als Lea sie in Erinnerung hatte. »Dat freut mi, dat Christoph nu endli een Deern funnen hett, de to em passt«, erklärte sie unvermittelt.

Lea bekam einen Schreck. Gab es da womöglich eine Frau in seinem Leben, von der sie nichts wusste? Das wäre natürlich sein gutes Recht, und sie hatte auch keinerlei Anspruch darauf, dass er über derartige Dinge mit ihr sprach. Trotzdem. Sie waren einander so vertraut. Der Gedanke fühlte sich scheußlich an, wie der Biss in eine Brotscheibe, die von unten verschimmelt war.

»He is een feinen Kerl, un du schienst mir ok dat Hart an rechten Plack to hebben. Jern Spraak is eens. Dat weer noch bi keen so.« Ihre Augen verschwanden zwischen all den Falten, als sie das Gesicht zu einem breiten Lächeln verzog. Lea war erleichtert. Mehr als das. Es fühlte sich gut an, dass ausgerechnet diese kleine alte Dame, die Christoph schon so lange kannte, die beiden für ein Paar hielt, das eine Sprache teilte und so gut zueinander passte. Obendrein gab sie ihnen offenbar ihren Segen, was Lea sehr freute. Sie hatte es nicht eilig, die Sache richtigzustellen, und Martje sprach auch schon weiter: »Ik heff em je all as lütten Steppke kennt«, erzählte sie. »Nee, weer de drollig! Dat weer een schöne Tied dormaals«, erinnerte sie sich und seufzte. »De Fähr vun't Land geev dat noch gor nich. De ersten Gäste hebbt wi mit de Schuuvkoor holt. Vun Landsende, dor sünd de vun Pellworm ankaamen.«

»Ja, das habe ich gehört. Mit der Schubkarre …« Sie musste lachen. »Man kann sich heute gar nicht mehr vorstellen, dass die Leute diese mühsame Anreise auf sich genommen haben, um hier ein paar Tage Urlaub zu machen.«

»Poor Dage?« Sie lachte gurgelnd. »De sünd veer Weeken bleeben oder länger.«

»Ist das so?« Lea war überrascht. Heute kamen die meisten Touristen als Tagesgäste und blieben nur für ein paar Stunden.

»Dat kanns'd weeten«, sagte sie nickend. »Och jo, Christoph, dat weer een drolligen Knirps«, wechselte sie abrupt das Thema. Dann sah sie Lea für einen Moment verwirrt an, als wüsste sie selbst nicht, warum sie das gerade gesagt hatte. »Ik warr wull bald tüdeli«, stellte sie ernst fest. »Vun de Gäste wull ik doch vertellen.« Sie schüttelte nachdenklich den Kopf.

Lea wollte eigentlich das Archiv sehen und etwas über die angespülte Jesus-Figur erfahren, doch sie ließ Martje gewähren. Offenbar hatte die Lust, von früher zu reden. Die Hallig-Lüüd kannten ihre Anekdoten vermutlich schon alle, so war Lea ein willkommenes Opfer. Lea hingegen hörte ihr nur zu gerne zu. Ihr machten die alten Geschichten Freude. Es gab keine bessere Gelegenheit, etwas über das Leben auf Hooge zu erfahren, wie es einmal gewesen war.

»Is di warm noog?«, wollte Martje wissen. Sie selbst hatte eine dicke graue Wolldecke um die Beine geschlungen, die furchtbar kratzig aussah.

»Ja, danke, es ist sehr kuschelig«, gab Lea zurück, die am liebsten ein Fenster aufgerissen hätte. Es war unerträglich warm und stickig. Vermutlich lief die Heizung auf höchster Stufe. »Ihr habt die Gäste wirklich mit der Schubkarre abgeholt?«, kam sie auf das Thema zurück. »Oder willst du mich auf den Arm nehmen?«

»Nee! De Koor weer natürlich för dat Gepäck. Blots hett de eene oder anere feine Daam ut Hamborch ok all so Stöckelschoh anhatt. Un Teer gäv dat je noch nich överall. Denn hett man de dor eben rinpackt. Awer de meesten wussen Bescheed un harren orntliche Klamotten.« Sie machte eine kurze Pause. »Jo, dat is een bannig gode Tiet wähn«, sagte sie dann ein wenig wehmütig. »Dat weer noch nich so as hüüt, een Vermieter, de annere Gast. Nee, man hett tosaamen kokt un fiert. Veele sind över veertig Johr kaamen, jedes Johr för veer Weeken, veele sogor över fofftig Johr.«

»Jedes Jahr?«

»Wiss doch. Dat weeren eben Frünn. Veele sünd intwischen all doot. Awer dormaals … Wat hier an Alkohol utschenkt woorn is …« Sie kicherte. »Fiern kunnen wi, dat kannst du glöben. Pharisäer un Schnaps gäv dat. Da weeren af un an so'n poor Fruunslüüd, de hem jeden Morgen Fröhschoppen maakt. Förn in de Wirtschaftsköök hem wi seeten un Schlagers hört. Un op eenmol full se in: ›Oh, unsere Männer kommen ja gleich vom Angeln.‹ Un denn hem se gau Middag maakt.« Wieder lachte sie. Sie berichtete von den Tanzabenden, die jeden Samstag stattgefunden hatten. Wer auf sich hielt, kam nicht vor dem Hellwerden nach Hause. Nein, so gesellig war es lange nicht mehr auf der Hallig. »As de Strom käm, worr dat weniger«, stellte sie fest. »Dor käm ok dat Fernsehen, de Idiotenlatern. Vun dor af ham de Hallig-Lüüd ümmer mehr allein in de Stuv seeten, besunners ine Winter. Na, un de Gäste wullen ok irgendwann nich mehr ohne Fernseher wähn. Wat se vunn to Hus wennt weern, wullen se ok ine Urlaub hem.«

Während Lea ihr zuhörte, ließ sie ihren Blick zu den Fotos wandern, die über Eck an zwei Wänden hingen. In der anderen Ecke stand der Kachelofen, der nur noch selten benutzt wurde, vor einer Wand, die mit den typischen blau-weißen Friesenmotiven gefliest war. Martjes Frisur hatte sich in all den Jahren offenbar kaum verändert, nur war das Haar einmal voller gewesen. Ihr Mann war ein hübscher Kerl gewesen, der dem Mädchen vom Festland vermutlich innerhalb von Minuten den Kopf so sehr verdreht hatte, dass sie sich von fehlendem Strom und fließend Wasser nicht schrecken ließ und ihm liebend gern in die karge Einsamkeit der Hallig gefolgt war. Sie hatten eine gute Ehe geführt, das konnte Lea aus Martjes Erzählungen deutlich heraushören. Ein gemeinsamer Lebensabend war ihnen nicht vergönnt gewesen. Schon über dreißig Jahre war er tot. Krebs, dieser feige Gegner, hatte ihm die letzte Kraft aus den Zellen gesaugt.

»Martje?« Lea sah, dass sie die Augen geschlossen hatte. War sie eingeschlafen? Sollte sie einfach gehen, um der alten Dame Ruhe zu gönnen? Sie konnte wegen des Archivs noch einmal wiederkommen. Ein paar Tage blieben ihr noch. »Martje?«, fragte sie noch einmal leise und wollte sich schon erheben.

»Ik bün nich doot. Noch nich«, kam es da mit etwas belegter Stimme vom Sessel zurück. Sie öffnete die Augen. »Du wullt de olen Saaken sehen, nich?«

»Das Archiv, ja, gern. Aber wenn dir das jetzt zu viel wird, kann ich auch später …«

»Tüdelkraam! Hol dat Tüüch man her. Dat is dor in't Schapp.«

»Bitte?«

»In dem Schrank ist das«, sagte sie und betonte jede einzelne Silbe.

»Hier?« Lea stand auf und ging zu dem Eichenschrank, dessen offener Aufsatz auf gedrehten Beinen thronte. An einer Holzleiste hingen vier Zinnkrüge, darunter waren verschiedene Zinnlöffel in eine weitere Leiste eingehängt. Zwischen den Holzlatten standen bemalte Teller mit dem Gesicht zum Betrachter. Ihr fiel auf, dass weder auf den Bechern noch auf der Keramik auch nur das kleinste Staubkörnchen zu sehen war. Entweder hatte Martje ihren Haushalt noch hervorragend im Griff, oder auch hierbei halfen die Nachbarn.

»Ja, unten drin«, kommandierte sie und fuchtelte mit dem Zeigefinger in der Luft.

Lea öffnete die dunklen mit Schnitzereien versehenen Türen. In ordentlichen Stapeln lagen in sechs Fächern Notizhefte, Zeitungen, Fotoalben und Gästebücher.

»Was sollen wir uns ansehen?«

»Dat is je blots een lütte Deel«, ließ Martje sie wissen und winkte ab. »Hol man rut, wat di interesseert. Wobie, ik meen je, dat man de Jesus endli in Ruh laaten schull.«

Liebend gern hätte Lea sich von oben nach unten und von links nach rechts durch jedes einzelne Blatt Papier gewühlt, doch sie musste eine Auswahl treffen. Gästebücher und Fotos ließ sie zunächst liegen und schnappte einen Packen, der nach alten handschriftlichen Aufzeichnungen aussah.

»Nebenan in een vun de dormaalige Fremdenstuben liggt een ganze Masse. Ik heff dat vun min Vadder övernaahmen un wiedersammelt. Dat mokt min Familie all siet Generatschion.« Sie war wohl doch ein wenig stolz, auch wenn sie ständig von altem Kram sprach. Das konnte man hören, obwohl ihre Stimme immer schleppender wurde. »Min Söhn mutt dat ok wiedermaaken, wenn ik doot bün. Dat hev ik em all seggt. Un lang duert dat wull nich mehr.« Sie schnaufte.

»Ach was, Martje, du wirst noch hundert«, sagte Lea und musste schlucken. Sie hatte Angst, dass sie sich da täuschen könnte. »Lebt dein Sohn auf Hooge?«, fragte sie schnell.

»Nee, de is in Kiel. Hett dor'n gute Posten as Filialleiter vun een Bank. Un een groote Hus hett he ok.« Sie machte runde Augen und nickte bedächtig.

»Hast du nie darüber nachgedacht, zu ihm zu ziehen?«

»Noh't Fastland?«, krähte sie und starrte Lea entgeistert an, als hätte die gerade gefragt, ob sie mal darüber nachgedacht hätte, Salz in den Teepunsch zu kippen. »Nee, nie nich!« Sie schüttelte vehement den Kopf.

»Na ja, ich kann ja verstehen, dass es dir schwerfallen würde, Hooge zu verlassen. Andererseits lebst du jetzt schon so lange alleine in dem großen Haus. Und du bist auch nicht mehr so viel draußen, habe ich gehört. Da wäre der Unterschied doch gar nicht so groß, wenn du bei deinem Sohn ein schönes Zimmer hättest.«

»Mehr Blödsinn op eenmaal heff ik noch nie hört«, entrüstete sie sich. »Hier wohnt zwar keen anner uter mi, dat is wohr, man alleen bün ik nich! Un de Hallig, dat sünd nich blots de Fennen oder de Diek oder de Nordsee, dat sünd an erste Steed de Lüüd. Un de kaamen noh mi rin. Nee, glööv man, de Ünnerscheed weer bannig groot. Ik wüll nich weg vun mien Hallig. Wull bin ik hier nich born, awer starben wüll ik narns anners.«

Mit ihrem eigenen Tod hatte Lea sich vor einigen Monaten häufig auseinandergesetzt, und auch jetzt spukte er noch manches Mal durch ihren Kopf. Wenn man Krebs hatte, blieb das nicht aus. Noch nie hatte sie jedoch mit jemandem so natürlich über dessen womöglich schon in naher Zukunft bevorstehenden Tod gesprochen. Nicht einmal auf der Krebsstation.

»Was ist, wenn du ins Krankenhaus musst? Dann bleibt dir doch gar nichts anderes übrig, als Hooge zu verlassen.«

»Nix dor. Ik gah in keen Krankenhus. Ik gah överhaupt nich mehr op'n Kontinent. Nee, wenn mien Söhn mi sehen wüll, mutt he all herkommen. Dat fehlt mi noch, dat ik em besöök un slaa lang hen un denn kaam ik an't Enne doch nich mehr wedder.« Sie machte eine Pause und atmete schwer. Die Vorstellung, auf dem Festland zu stürzen und dann dort festzusitzen, schien sie sehr aufzuregen. »Hier wüll ik starben. In mien Sessel in mien Döns. Eenfach induseln un nich mehr waaken warn.« Mit einem Mal veränderten sich ihre Gesichtszüge, und sie schmunzelte. »Nich, dat mi dat noch so geiht, as Otto. Soopen hett de, dat weer nich mehr fierlich. To'n Schluss kunn he nich mehr alleen in sien Wohnung blieben. So hem de für em een Platz in so'n Heim besorgt. Dat hett jüst veer Dage duert, bit he doot bleeben is. Vier Tage!«, wiederholte sie, damit Lea auch sicher verstand. »Die Gertrud hett sik erbarmt un is to Truerfier röver noh't Fastland fohrt. Dor in't Heim kunnen se awer nix mit em anfangen, se kennten em je knapp. So hem se Gertrud de Urn in de Hand drückt un hem seggt: De nehmen Se man gliek mit.« Sie musste kichern. »Dor stunn Trude in ehr korte Hemd un maakte een belämmerte Gesicht.« Jetzt platzte sie förmlich, lachte und prustete. Auch Lea konnte sich das Lachen nicht verkneifen, als sie sich die Szene bildlich vorstellte, eine überrumpelte Dame mit einer Urne im Arm.

»So lustig weer dat ok wedder nich«, meinte sie, als sie sich beruhigt hatte. »Hier wull nämlich ok keen Minsch de Reste vun Otto hebben. De hörte hier je nix mehr.«

Lea sah sie fragend an.

»Dem gehörte hier nichts mehr«, wiederholte sie gedehnt und ergänzte: »Keen Grundstück, meen ik.«

»Ja, und? Die Leute werden doch auf dem Friedhof beerdigt und nicht auf ihrem Grundstück, oder?«

»Dorvun kannst du utgahn. Oder wat meenst du, wer dor op

de Kirchhoff rumliggt? Dat sünd all de Hooger. Awer, blots wer een Grundstück hett, hett ok dat Recht op een Graff«, klärte sie Lea geduldig auf. »Für mi is Gott sei Dank allns regelt.« Sie faltete die Hände, als brauche sie nur noch abzuwarten. »Sargen sünd ok immer in Reserve dor.« Sie dachte kurz nach. »Ik glööv, de stahn bi de Paster op'e Böön.« Sie hatte die Stirn in noch mehr Falten gelegt, während sie überlegte. Nach einem Blick in Leas verständnisloses Gesicht, sagte sie: »Särge sind immer in Reserve auf dem Dachboden vom Pastor.« Lea nickte zum Zeichen, dass sie jetzt wieder im Bilde war. »Oder in't Gemeendehus?«, sinnierte Martje weiter. »No, de weeten dat all, wenn ik erst maal lang leeg. To Not holen se so'n Gemüsekist vun Ingrid ut'n Laaden. Wenn de so'n beeten drücken, pass ik dor all rin.«

Lea hätte fast wieder losgeprustet, doch sie sah Martjes ernstes Gesicht. Offenbar machte sie sich wahrhaftig Gedanken darüber, was aus ihren sterblichen Überresten wurde und wie man die am besten verstauen konnte.

Um sich abzulenken, versuchte Lea ein kleines Messingschild zu entziffern, das links von ihr auf dem steinernen Fensterbrett zwischen den Töpfen mit Alpenveilchen stand. Sie kniff die Augen zusammen.

Een lütten drink in the morning time, las sie Wort für Wort, *is better as den ganzen Dag kein ein!* Na, wenn das nicht zu Martjes Erzählungen von früher passt, dachte sie.

»Hest denn all wat funnen över de spanschen Jesus?«, wollte Martje wissen und deutete auf den Stapel, der vor Lea auf dem Tisch lag.

»Nein, bis jetzt bin ich nicht sehr weit gekommen.« Sie schlug das erste Notizbuch auf. »Ich habe beantragt, eine winzige Probe aus dem Holz entnehmen zu dürfen«, berichtete sie.

»Das Material kann uns viel über seine Herkunft und sein Alter erzählen. Aber natürlich muss der Kirchenvorstand diesem Schritt erst zustimmen. Ich habe ihnen zwar erklärt, dass ich nur einen ganz kleinen Span von der Rückseite entfernen würde, sodass man nichts davon sehen könnte, aber ich glaube, die Herrschaften sind noch skeptisch.«

»Dat weer ok nich good, wenn du an Jesus rumschnibbeln wuurst. Woto denn ok? Nee, de hett doch wull noog achter sik.«

»Na ja, es wäre doch für alle interessant, wenn man wüsste, woher das Fundstück stammt. Der Pastor und auch der Kirchenvorstand wünschen sich das jedenfalls.«

»De viellicht. Awer de Lüüd bestimmt nich. Is doch eennerlei, wo he herkümmt. Hauptsaak, de Lüüd glöben an em. Wer weet, viellicht verleern se de Gloov, wenn se de Wohrheit weeten. De Lüüd sünd snoorig. De wüllen de Wohrheit mennigmaal nich weeten. Nu kümmst du un vertellst se dat liekes. Un denn? Wenn denn wedder een Stormfloot kümmt, denn kümmt ok wedder eener um.«

Lea hatte der Martje-Logik nichts entgegenzusetzen.

»Jemand zu Hause?« Das war Christoph, der die kleine Wirtschaftsküche betreten hatte.

»Nee, sünd all weg to danzen«, kam es von Martje umgehend zurück.

Er betrat die Döns. »So'n Pech«, sagte er und grinste. »Na, es scheint dir ja schon wieder besser zu gehen.« Er nahm ihre beiden Hände in seine und drückte sie. »Hallo, Lea.« Ihr reichte er förmlich die Hand. Seine Augen strahlten. »Na, seid ihr fleißig?«, wollte er wissen, während er sich aus seiner dicken Jacke wand und sie mit der grauen Wollmütze auf einen Stuhl warf.

»Bis jetzt haben wir uns, ehrlich gesagt, ein bisschen verplaudert.«

»Ik weet sowieso nich, wat de Deern in dat ole Tüüch finnen wüll. Alle poor Johr wüll irgendeener Jesus op de Spor kommen. Awer wenn se't interesseert, bitteschön.« Sie zuckte mit den schmalen Schultern. »Du hest je ok ümmer dor in rum stöbert.«

»Stimmt. Das olle Zeuch ist eben mächtig spannend.« Er hatte so lange mit seiner Brille herumgewedelt, bis die Gläser nicht mehr beschlagen waren. Dann endlich setzte er sie auf.

»Ach wat!« Sie winkte ab. »Für uns ole Lüüd is dat wat, awer doch nich für jem. Jem schullen man leever fiern un Spoß hebben. Dat Leben is so gau um, wat wüllen jem dor ümmer in ole Tieden wöhlen?«

Sie blieben noch, bis die Nachbarin mit dem Abendessen kam. Dann verabschiedeten sie sich, und Lea wurde bang ums Herz, weil sie plötzlich dachte, dass Martje morgen tatsächlich tot sein konnte. Sie kannte sie kaum, aber sie wusste, dass sie ihr fehlen würde.

»Sie muss ein ziemlich heißer Feger gewesen sein als junges Mädchen«, begann Lea, als sie die unbewohnte Pohnswarft hinter sich ließen und an Ipkenswarft vorbeistiefelten. »Wenn sie nicht übertrieben hat, wurde jede Woche gefeiert und so viel getrunken, dass ich staune, dass sie überhaupt so alt geworden ist.«

Christoph lachte. »Ja, es ging ganz schön zur Sache manchmal. Ich kann mich erinnern, dass mein Vater einmal auf dem Heimweg nach einem Tanzabend im *Friesenpesel* im Priel gelandet ist. Er war zwar nur bis zu den Knien im Wasser, aber es war die Nacht nach Biikebrennen, also Februar. Es hatte eine dünne

Eisschicht auf dem Priel gegeben, jedenfalls bis mein alter Herr hineingelatscht ist.« Er feixte. »Die schicken Lederschuhe waren natürlich hin. Die haben den Schlamm und das Salzwasser nicht überstanden. Und er hat eine anständige Erkältung gekriegt und die nächsten Tage erst mal das Bett gehütet.«

»Das muss eine tolle Zeit gewesen sein. Ich glaube, Martje trauert ihr ein bisschen nach.«

»Tun wir das nicht alle?« Der Sonnenuntergang färbte den dunstigen Himmel wie ein Gemälde. Er schimmerte in Streifen violett, orange und dunkelrot, als hätte jemand gigantische Tücher über der Hallig aufgehängt, deren Farben ineinander verliefen. Fast ein bisschen kitschig. Der Himmel über der Hallig war wirklich manches Mal kitschig schön.

»Ich glaube, dass der Mensch grundsätzlich die Tendenz hat, die Vergangenheit zu verklären, wenn sie nicht gerade dramatisch schlecht war. Trotzdem. Sie hat massive Veränderungen miterlebt, die nicht gerade zum Guten waren. Der Strom zum Beispiel. Ich hätte jede Wette verloren, dass die Anbindung ans Stromnetz Fortschritt und eine große Erleichterung bedeutet hat. Aber Martje hat mir erzählt, wie sehr er die Gemeinschaft verändert hat. Plötzlich sind die Leute allein zu Hause geblieben und haben ferngesehen, anstatt sich mit den Nachbarn gemütlich zusammenzusetzen.«

»Jede Medaille hat zwei Seiten, meinst du nicht? Das war bestimmt die negative Seite, die der Strom hatte. Die gute Seite war, dass die Leute nur noch auf den Knopf drücken mussten und Licht hatten. Und sie konnten mit Strom heizen.«

»Ob du's glaubst oder nicht, alle Hooger waren damals nicht überzeugt von dem neumodschen Kram. Sie kamen mit ihren Petroleumlampen gut zurecht. Wäsche wurde eben in der großen Wanne per Hand geschrubbt. Ein paar Männer dachten allerdings anders. Martjes Mann gehörte dazu. Zum einen hat er gesehen, dass die Hausarbeit für die Frauen extrem beschwerlich war. Schließlich mussten sie auch noch im Stall helfen und sich um die Gäste kümmern. Das war kaum zu schaffen. Außerdem war er überzeugt, dass der Tourismus sich nur entwickeln würde, wenn es Elektrizität gab. Die Fremden hätten auf Dauer nicht auf Komfort verzichtet. Damit hatte er recht.«

Sie nickte. Allmählich dämmerte ihr, wie hart das Leben für Martje gewesen sein musste. Unvorstellbar, dass diese zerbrechliche Person von früh bis spät körperlich geschuftet haben sollte. Trotzdem bereute sie es nicht, ihrem Mann auf die Hallig gefolgt zu sein. Im Gegenteil. Wie es schien, hatte sie sich nie etwas anderes gewünscht.

»Hat sie dir auch von der Sturmflut erzählt?«

»Nein, hat sie eine erlebt?«

»Klar, 1962 hat es die Westküste doch so schlimm erwischt. Und die Halligen natürlich auch.«

»Ach ja.« Lea kannte die Geschichten nur von ihren eigenen Großeltern und Eltern, die allerdings nicht direkt betroffen gewesen waren. In der Schule hatte sie einen Film über Hamburg gesehen, dessen Stadtgebiet damals überflutet worden war. Sie hatte sich nie Gedanken darüber gemacht, wie schwer es wohl die Halligen getroffen haben mochte.

»Martjes Mann hat sie und den Sohn damals am Schornstein festgebunden. Er hatte Angst, dass das ganze Haus über ihnen zusammenstürzt. Aber die Schornsteine halten meist, das wusste er. Danach wurden Häuser nur noch mit Fluträumen gebaut, die auf langen Ständern in der Erde verankert sind.«

»Aber passiert ist doch nichts, oder?«

»Du bist niedlich«, sagte er lachend. Dann wurde er still. »Das bist du wirklich.« Er sah sie von der Seite an. Da war so viel Wärme in seinem Blick, dass ihr ganz wohlig wurde. Oder bildete sie sich das nur ein? »Sie sind mit dem Leben davongekommen«, nahm er den Faden wieder auf. »Aber eine Küchenwand war eingestürzt, die Schafe alle tot. Und auch die meisten Kühe sind umgekommen. Nicht ertrunken«, fügte er hinzu, »sondern verdurstet. Damals gab es ja noch keine Frischwasserleitung vom Festland. Die Leute hatten nur die Fethinge, und die waren vom Salzwasser überspült. Werner hatte zwar so viel Wasser aus dem Brunnen gepumpt, wie er konnte, als der Wetterdienst eine schwere Orkanflut angekündigt hat, aber das war größtenteils auch hin.«

»Warum, wie konnte das passieren?«

»Die Wellen müssen wohl in die Gefäße geklatscht sein, die er aufgestellt hatte. Der Wasserstand war einfach noch höher, als man befürchtet hatte. Und so hat die Nordsee das Süßwasser verdorben.«

»Wie furchtbar! Darüber habe ich mir noch nie Gedanken gemacht. Ich habe geglaubt, dass mit abfließendem Wasser alles wieder gut war. Schön, ein paar Schäden an den Häusern vielleicht, aber die konnte man ja flicken.«

»Kein Haus war gänzlich unbeschädigt, viele sogar abbruchreif. Die Menschen waren verängstigt, das Vieh schrie vor Durst. Ich bin immer wieder beeindruckt, dass die Hallig-Lüüd, gerade die alten, die das damals miterlebt haben, so an Hooge hängen, dass sie niemals gegangen wären, und dass sie derartig optimistisch sind.«

Sie gingen in den *Seehund* zum Essen.

»Wann reist du eigentlich ab?«, fragte Christoph sie, kaum dass sie ihre Bestellung aufgegeben hatten.

»In drei Tagen.« Lea schluckte.

»Und dann musst du gleich wieder arbeiten?«

»Nein, ich bin noch sozusagen krankgeschrieben. Ich muss mich bei meinem Arzt sehen lassen. Wenn die Werte okay sind, werde ich wohl langsam wieder halbtags anfangen.«

»Könnte es auch sein, dass du noch eine Schonfrist bekommst?«

»Ja, vielleicht.« Draußen wurde es schon dunkel. Den ganzen Tag war die Sonne nicht durchgekommen, und der Nebel hatte die Hallig fest im Griff behalten. »Ich bin noch ziemlich unentschlossen. Kann sein, dass ich kündige und mich komplett selbständig mache. Als Freiberuflerin kann ich im Grunde das Gleiche machen wie jetzt, nur eben für verschiedene Auftraggeber. Zusätzlich könnte ich die Dinge recherchieren und erforschen, die mich auch wirklich interessieren, und darüber veröffentlichen. Ich glaube, das würde mir Spaß machen.«

»Und du könntest auch davon leben? Ich meine, ein bisschen Sicherheit ist auch nicht zu verachten, oder?«

»Sicherheit? Daran glaube ich nicht mehr. Von heute auf morgen kann sich alles ändern. In jeder Hinsicht. Allein drei meiner Freunde oder Bekannten, die glaubten einen sicheren Job zu haben, wurden plötzlich entlassen oder in eine andere Abteilung versetzt, in der sie nie arbeiten wollten. So viel zum Thema Sicherheit. Von anderen Schicksalsschlägen gar nicht zu reden.«

Christoph fuhr sich durch das blonde Haar, nahm seine Brille von der Nase und spielte mit dem Bügel herum. »Könntest du dir vorstellen, zu Hause zum Arzt zu gehen, ein paar Sachen zu regeln und dann wiederzukommen? Du hast deine Nachforschungen doch noch längst nicht abgeschlossen, oder?«

»Nein, bisher habe ich kaum Ergebnisse«, gab Lea zu. Sie spürte ein fröhliches Kribbeln im Bauch. »Das könnte ich mir schon vorstellen, ja«, antwortete sie zögerlich.

»Das wäre ja toll! Weißt du, ich muss demnächst sowieso erst mal nach Langeneß. Ich hatte mir bei meinen ersten Besuchen nur einen Überblick verschafft. Jetzt muss ich sehen, was an den Instrumenten wirklich zu tun ist. Für die Orgel hier auf Hooge brauche ich ein Ersatzteil für die Spieltraktur. Und zwei Ventilfedern müssen auch ausgetauscht werden.«

»Und was bedeutet das?«

»Das bedeutet, dass wir uns in vier Wochen wiedersehen könnten, wenn du willst.«

»Ja«, sagte sie und konnte ihre Freude kaum verbergen, »das will ich sehr gerne.«

Als sie drei Tage später am Anleger stand, schien die Sonne von einem wolkenlosen Himmel, als wollte sie sich noch einmal ordentlich ins Zeug legen und Lea davon überzeugen, dass es sich lohnte, zurückzukehren. Dabei zweifelte sie keinen Augenblick daran. Sie war noch nie sicherer gewesen, das Richtige getan zu haben, als sie mit dem Bürgermeister ihre Rückkehr vereinbart hatte. Bei einer Tasse Tee hatte er ihr zugehört und das eine um das andere Mal genickt. Schließlich war er absolut ihrer Meinung.

»Find ich gut«, hatte er gesagt. »Jetzt, wo der Kirchenvorstand zugestimmt hat, dass du eine Probe mitnehmen darfst, wäre es doch Quatsch, wenn du das Projekt beenden würdest.«

Die Einzelheiten waren schnell besprochen, schnell nach Maßstab des Bürgermeisters. Lea würde wieder im Gemeindebüro helfen. Dann beginne die Saison, hatte Gabi verkündet, und es gebe jede Menge zu tun. Eine Wohnung war auch rasch gefunden. Alles bestens.

Thorben hatte ihr Gepäck an diesem Morgen schon ganz früh abgeholt und an den Anleger gebracht. Natürlich hatte er ihr auch angeboten, sie zu fahren, aber Lea hatte es vorgezogen, noch einmal einen Spaziergang zu unternehmen. Schon von weitem sah sie seine leuchtend rote Jacke, als sie nun auf das kleine Informationshäuschen zulief, an dem Tages- und Übernachtungsgäste während der Saison Broschüren und Flyer bekamen und ihre Tageskurabgabe, den Hallig-Taler, bezahlten.

»Na, kommt die Fähre pünktlich?«, fragte sie ihn. Sie wusste, dass er in der Hütte einen Computer hatte, auf dem er die Schiffspositionen sehen konnte.

»Nee, die is erst auf der Hälfte von Langeneß. Das dauert noch 'n büschen.« Sein Bärtchen war wie stets ordentlich gestutzt, sein Blick war freundlich-verschmitzt. »Und? Du kommst wieder, habe ich gehört?«

»So, hast du gehört?« Lea lachte. »Allmählich gewöhne ich mich daran, dass hier jeder alles hört.«

»Ja, hier weiß jeder, wann du ins Bett gehst und wann du aufstehst.«

»Ein bisschen anstrengend auf die Dauer, oder?«

»Ach was, das geht schon. Es wär doch viel schlimmer, wenn sich keiner um den anderen kümmert.«

»Das sehe ich auch so.« Sie nickte.

»Na, dann hat's dir wohl gefallen auf Hooge.« Wieder dieses verschmitzte Lächeln.

»Ja«, sagte sie aus vollem Herzen. »Ich habe mich wirklich wohlgefühlt.«

»Schön, das freut mich.« Es klang aufrichtig. Viel hatten die beiden bisher nicht miteinander zu tun gehabt, aber irgendetwas sagte ihr, dass sie noch Freunde werden konnten. »Es ist ein gutes Leben auf Hallig Hooge«, sagte er plötzlich ganz ernst. »Die Leute machen es einem nicht immer leicht, aber sie sind in Ordnung. Du kannst immer auf sie zählen. Das rechne ich ihnen hoch an, auch wenn sie mich manchmal zur Weißglut treiben. Sie sind halt eigen und machen es dir nicht leicht«, wiederholte er. »Aber es lohnt sich, um ihre Anerkennung zu kämpfen.«

Eine Stunde später stand Lea an Deck der Fähre und beobachtete, wie die Gischt den Trecker mit dem offenen Müllanhänger und dem von Planen geschützten Postwagen von oben bis unten nass spritzte. Das Gespräch mit Thorben ging ihr nicht aus dem Kopf. Er hatte ihr Mut gemacht, was das Leben auf Hallig Hooge betraf, gerade so, als würde er ahnen, dass sie nicht nur für zwei Wochen wiederkommen wollte.

IV

Lea hatte die ganze Fahrt an Deck verbracht, obwohl ihr der Sturm beinahe den Rucksack weggerissen hatte. Schon bei der Abfahrt konnte sie den Anblick der Hallig kaum erwarten. Und obwohl sie genau wusste, dass es noch eine Stunde dauern würde, bis es so weit war, stand sie da und blinzelte angestrengt nach vorn, während sie immer wieder die Tränen abwischen musste, die das grelle Sonnenlicht und der Wind ihr aus den Augen drückten. Sie lächelte breit. Der Wind, die laufenden Tränen, das war wie nach Hause kommen. Hooge war eine vollkommen andere Welt, und sie freute sich unbändig darauf, sich wieder ihrem Rhythmus hinzugeben. Endlich sah sie das große gelbe Tor vor sich. Sie starrte so lange darauf, bis sie die blaue Schrift *Willkommen auf Hallig Hooge* lesen konnte. Ihre Vorfreude war grenzenlos, in ihrem Bauch flatterten unzählige kleine Flügelchen. Sie konnte es nicht mehr erwarten, die Menschen wiederzusehen. Sie konnte es nicht mehr erwarten, Christoph wiederzusehen. Ob er schon eingetroffen war? Sie hoffte es so sehr. Da stand ein Mann. Sie kniff die Augen zusammen. Eine rote Jacke trug er nicht, also war es nicht Thorben und auch niemand vom Team des Hafenmeisters. Es war Christoph, das spürte sie, schon bevor sie ihn erkannte. Als das Schiff im Begriff war, am Anleger festzumachen, nahm er seine Brille ab und packte sein Buch weg. Typisch, er hatte mal wieder die Zeit genutzt, wie eigentlich jede freie Minute, um zu lesen. Lea hatte ein ganz warmes Gefühl im Leib. Sie lief beinahe über den Steg und warf sich in seine geöffneten Arme. Bevor sie wusste, wie ihr geschah, drückte er sie an sich und küsste sie. Nicht, dass sie es verhindert hätte, wenn er ihr dazu die Chance gelassen hätte, aber ein wenig fremd war es ihr doch noch, einen Mann so nah an sich heranzulassen. Körperlich. Er scherte sich nicht darum, und sie genoss die feste Umarmung und den Kuss, der so gar keine Ähnlichkeit mit den zaghaften Küssen auf die Wange hatte, bei denen es bei ihrer letzten Begegnung geblieben war. Er hielt sie lange fest und küsste sie zärtlich, wie jemand, der seine Lebensgefährtin endlich wieder in die Arme schloss. Er hatte Sehnsucht nach ihr gehabt, das konnte sie deutlich spüren. Nichts hätte ihr mehr Freude gemacht.

»Darf ich Lea vielleicht auch mal begrüßen?«, meldete sich Thorben zu Wort, nachdem er den Strom ankommender Passagiere in ordentliche Bahnen gelenkt und die Abfahrt der Fähre überwacht hatte.

»Aber nur kurz.« Christoph ließ sie los, und Lea landete augenblicklich in der nächsten Umarmung.

»Moin, Lea, schön, dass du wieder da bist!«

»Moin, Thorben. Ich freue mich auch wie verrückt.« Sie löste sich von ihm. »Alles im Lot auf Hooge?«

»Na klar, hier ist alles bestens. Die Saison hat uns fest im Griff, das siehst du ja.«

Tatsächlich, es war nicht nur deutlich wärmer als bei ihrem ersten Aufenthalt, es waren auch sehr viel mehr Touristen unterwegs, die von ihren Vermietern abgeholt wurden, sich Fahrräder liehen oder in eine der Kutschen stiegen. Thorbens Frau, mit ihrer kleinen tragbaren Straßenbahnkasse ausgerüstet, winkte ihr zur Begrüßung fröhlich zu und machte sich dann daran, in eine Kutsche zu steigen, um dort den Hallig-Taler zu kassieren. Lea fühlte sich augenblicklich, als wäre sie nie weg gewesen.

Nicht nur Touristen waren plötzlich in großer Anzahl zu sehen, Gleiches galt auch für die Ringelgänse, die in Massen auf der Hallig Station machten auf ihrem Weg nach Sibirien. Sie hockten auf den Fennen und fraßen sich dick und fett. Hin und wieder erhob sich eine in die Lüfte, andere folgten auf der Stelle, so dass ein deutliches Rauschen zu hören war und das Schnarren ihrer Rufe. Im Flug sahen sie elegant aus und präsentierten ihren dunkelgrauen Hals mit dem typischen weißen Band.

»Ich nehme an, ihr wollt jetzt erst mal alleine sein«, meinte Thorben und grinste. »Lass dein Gepäck hier stehen. Das bringe ich nachher zur Ockenswarft, wenn ich Feierabend habe.«

»Danke, Thorben«, antworteten beide wie aus einem Mund.

»Wann bist du angekommen?«, fragte sie Christoph, als sie Richtung Backenswarft spazierten, immer darauf bedacht, in keinen der unzähligen Pferdeäpfel zu treten, die jetzt die Straße bedeckten.

»Vorgestern.«

»Und, bist du vorangekommen? Was hast du gemacht, seit du hier bist?«

Er blieb stehen. »Mich auf dich gefreut.« Schon nahm er sie wieder in den Arm und küsste sie. Als wäre es das Normalste der Welt.

»Ich habe mich auch auf dich gefreut«, gab sie leise zu, als sie weitergingen. »Aber ich war auch fleißig. Ich habe die Laborergebnisse.« Er blieb stehen und sah sie ernst an. »Wegen der Holzprobe«, stellte sie richtig und lachte. »Nicht die von meinem Arzt. Mir geht es gut«, setzte sie fröhlich hinzu. »Meine Werte sind prima.«

»Gott sei Dank!«

»Wie es aussieht, hat Hooge mir gutgetan. Vielleicht sollte ich dieses Mal länger bleiben.«

»Sylt ist aber auch ganz nett«, entgegnete er, als habe er längst einen Plan. »Die gleiche würzige Luft, ziemlich nette Orgelbauer.«

»Der netteste von allen ist momentan hier. Was sollte ich also auf Sylt?«

»Stimmt, im Moment bist du hier am absolut richtigen Platz.«

»Ist der Pastor da? Ich will ihm gleich erzählen, was ich herausgefunden habe.«

»Ja, er müsste da sein.«

Sie bummelten Hand in Hand zur Kirchwarft.

»Wie ich das alles vermisst habe«, sagte Lea seufzend.

»Komm!« Anstatt den Weg gerade hinauf zum Friedhof zu gehen und dann das Pastorat durch den Haupteingang zu betreten, zog er sie den Pfad hinauf, der zum Seiteneingang führte und nur für den Pastor, seine Familie und seine Gäste gedacht war. Eine Bank stand an der Rückseite des großen Backsteinbaus in der Sonne. Der Rahmen war verrostet, die Holzlatten der Sitzfläche durchgebogen. Grashalme lugten dazwischen hervor. Die weiße Farbe blätterte großflächig ab.

»Mein Lieblingsplatz«, erklärte er. »Setzen wir uns.«

Wie sehr sich alles verändert hatte. Wo letztes Mal noch Frost und Ödnis gewesen waren, blühten jetzt Krokusse, und erste Löwenzahnknospen kündigten ihr bald strahlendes Gelb an.

»Bevor du vom Pastor und den anderen mit Beschlag belegt wirst, will ich mit dir sprechen.«

»Das klingt wichtig.« Sie versuchte, locker zu wirken, aber sie war nervös. Wollte er ihr jetzt eröffnen, dass er kein Interesse an etwas Ernstem hatte? Seine Begrüßung und das, was er über Sylt gesagt hatte, sprachen dagegen. Doch sie traute sich noch nicht, sich auf ihr Gefühl zu verlassen.

»Das ist es auch.« Er nahm ihre Hand. »Die Hallig-Leute haben gleich gemutmaßt, wir wären ein Paar. Ich fand, das fühlt sich richtig an. Schon letztes Mal. Aber bisher war die Begeisterung für eine Frau bei mir nie von Dauer. Wenn ich nach dem ersten Strohfeuer gemerkt habe, wie viel hinter der Fassade steckt oder eher wie wenig, habe ich sofort wieder das Interesse verloren. Bei dir war das anders. Darum wollte ich auch unbedingt, dass du wieder herkommst, dass wir uns wiedersehen.« Er drückte ihre Hände. »Du hast mir so gefehlt. Das war überhaupt nicht witzig, das bin ich nämlich nicht gewöhnt. Wenn ich von einer Freundin mal ein paar Tage getrennt war, habe ich bisher immer festgestellt, wie wohl ich mich alleine fühle. Ungestört lesen, mit Kollegen diskutieren, das ging alles viel besser ohne Partnerin.«

»Wenn du lesen willst, lies«, sagte sie und entzog ihm ihre Hände. »Ich gehe rein und erzähle dem Pastor, was ich von der Figur weiß.«

Christoph schnappte sich ihre Hände wieder. »Das ist ja das Problem«, sagte er. »Wenn ich etwas gelesen habe, will ich mit dir darüber reden. Wenn ich mit Freunden oder Kollegen diskutiert habe, möchte ich deine Meinung dazu hören. Du fehlst mir an allen Ecken und Enden. Das passt mir gar nicht. Wo ist meine Unabhängigkeit geblieben?«

»Was hat das bitte mit Unabhängigkeit zu tun?«

»Vielleicht eher mit Abhängigkeit. Ich bin abhängig davon, dich um mich zu haben. Daran muss ich mich erst mal gewöhnen.« Er sah tatsächlich verzweifelt aus.

»Aha. Und wie willst du das anstellen?«

»Ich habe mir überlegt, dass wir so schnell wie möglich zusammenziehen müssen.«

»Bitte?«

»Ja! Du hast gesagt, du hängst nicht an Dortmund und willst zurück in den Norden. Außerdem hast du gesagt, ein Neuanfang wäre genau das Richtige für dich.«

»Stimmt.«

»Ich habe dir zugehört.« Er grinste zufrieden und strich sich durch das blonde Haar. »Sylt ist im Norden, ich habe eine geräumige Wohnung. Ich bin dein Neuanfang. Logisch, oder?«

»Wenn das keine romantische Liebeserklärung ist.« Lea schüttelte lächelnd den Kopf.

»Die habe ich dir doch vorhin am Anleger schon gemacht. Aber ich kann sie gerne noch einmal wiederholen.« Er zog sie an sich und küsste sie. Ganz behutsam und zärtlich. Ihr fiel eine Liedzeile ein: »If you wanna know, if he loves you so, it's in his kiss.« Insofern hatte er recht. Er hatte ihr bereits eine Liebeserklärung gemacht. Dann war ja alles klar. Nur wollte sie nicht auf Sylt leben. Sie wollte hier sein, auf Hooge, mit ihm.

»Habe ich ein Mitspracherecht, was unseren Wohnort angeht?«, fragte sie ihn.

»Das hatte ich eigentlich nicht vorgesehen, aber wir können uns über die Einzelheiten noch unterhalten, wenn das nötig ist.«

»Das wäre sehr nett.«

Er legte den Kopf schief. »Okay.«

»Danke, sehr freundlich.«

Sie saßen nebeneinander in der Sonne. Hinter dem Pastorat waren sie vor dem kräftigen Wind geschützt. Lea schlüpfte aus der Jacke und genoss die Sonne auf ihrer Haut.

»Das mit dem Zusammenziehen findest du also in Ordnung?«, fragte er beiläufig, ohne sie anzusehen.

»Deine Argumente waren wirklich logisch«, gab sie zurück und zuckte mit den Schultern. »Was sollte ich also dagegen sagen?«

»Gut, fein.«

Am nächsten Morgen spazierte sie gut gelaunt in das Büro. Frerk und Gabi waren nicht da, Lutz telefonierte: »Weest du, Heinrich, disse Zettel, de de Gast bi uns in't Büro kriggt, de schüllen veer Weeken, noh sien Afreis, wedder bi uns in't Büro intrudelt sin. Jau! Nu töben wi op dien Zettel nu all süss Maand. Kümmst du vörbi?« Er rollte mit den Augen, debattierte noch ein wenig mit Vermieter Heinrich, der die Notwendigkeit von Meldezetteln und deren pünktliche Abgabe im Büro offenbar nicht nachvollziehen konnte, und legte endlich auf.

»Lea, schön, dass du wieder da bist!« Das Telefon klingelte schon wieder. »Frerk ist zwei Tage auf dem Kontinent, und Gabi ist heute auch drüben beim Arzt. Hoffentlich wird sie nicht krankgeschrieben, hier ist die Hölle los.« Er nahm den Hörer ab.

Lea verstaute ihre Jacke im Schrank und kochte erst einmal Kaffee. Zum zweiten Mal seit ihrer Rückkehr hatte sie das Gefühl, als wäre sie nie weg von Hooge und den Kollegen gewesen. Sie nahm einige Anrufe entgegen, versorgte Gäste, die ins Büro kamen, mit Prospekten. Endlich gab das Telefon für eine Weile Ruhe, und Lutz wandte sich ihr zu. Da kam Hauke herein.

»Moin, Lea. Na, bist wieder da? Und wie lange bleibst du?«

Sie druckste herum. »Erst mal für zwei Wochen. Aber ich weiß noch nicht. Ich will mal mit dem Bürgermeister sprechen. Ich könnte mir auch vorstellen, etwas länger zu bleiben.«

»Aha?« Es war nicht zu übersehen, dass Hauke gerne Genaueres gewusst hätte, doch plötzlich fiel ihm etwas ein. »Ach, Lutz, deine Schafe sind schon wieder ausgebüxt. Die sind mir gerade bei Backenswarft entgegengekommen.«

»Oh, diese Schweine«, schimpfte der, schnappte sich seine Jacke und rief: »Lea, kannst du mal die Stellung halten?«, während er aus dem Büro rannte.

»Gabi ist beim Arzt, sagt Lutz. Was hat sie denn?«

»Die hat sich wohl ’nen Wirbel eingeklemmt oder so was. Uns sind die Pferde durchgegangen, da musste sie mit dem Lasso hinterher.« Er grinste breit.

»Oha!«

»Och, dat wird schon wieder.«

»Und wie geht es Martje?«

Sein Lächeln verschwand. »Das ist ein Auf und Ab. Sie ist ein Stehaufmännchen, aber sie ist eben krank. Und in dem Alter kann das ganz schnell gehen. Sie weigert sich, ein Krankenhaus von innen zu betrachten. Das macht die Sache natürlich nicht besser.«

»Will Richard denn, dass sie ins Krankenhaus geht?«

»Der redet auf sie ein, wie auf ’nen lahmen Gaul, aber da is nix zu machen. Am liebsten würde er ihr ja einen Platz in einem Seniorenheim besorgen. Das große Haus ist viel zu viel für sie. Und denn ganz allein. Neulich ist für drei Tage das Telefon ausgefallen. Sie hätte nicht mal Hilfe rufen können.«

»Aber auf dem Festland würde sie eingehen wie ein Fisch auf dem Trockenen.«

»Tja, alles nich so einfach. Meine Eltern wollten auch auf keinen Fall weg von Hooge. Gabi und ich haben sie gepflegt. Da wurden wir gar nicht gefragt. Dat is hier eben nich wie auf’m Kontinent, wo die Leute ihre Eltern ins Heim abschieben.«

Am Abend saßen Lea und Christoph in der T-Stube, jenem reetgedeckten Haus, das Lea schon von außen so gefallen hatte. Nun hatte es zur Saison seine Pforten geöffnet. Das Innere hielt, was das Äußere versprach. Alte samtbezogene Sofas, ein wildes Sammelsurium von Tischen und Schränkchen, die alle schon einige Jährchen auf dem Buckel hatten. Ein mächtiger Balken zog sich durch den gesamten Gastraum. Er war so tief, dass Lea instinktiv den Kopf einzog, obwohl sie gerade noch aufrecht darunter stehen konnte. Alle Uhren – und davon gab es einige – zeigten die gleiche Zeit an. Immerhin einmal am Tag stimmte die sogar. Es gab einen alten Taucherhelm und einen Bullerjan. In kleinen weißen Kannen, die auf Stövchen hockten, dampfte ihr Tee.

»Der Pastor trägt die Tatsache, dass die Figur nicht so alt ist, wie man dachte, mit Fassung«, sagte sie. Sie saßen in der hintersten Ecke an einem kleinen Fensterchen.

»Es wäre natürlich toll, wenn sie tatsächlich aus dem sechzehnten Jahrhundert stammen würde, wie immer angenommen wurde. Aber mal ganz ehrlich: Machen die bummelig hundert Jahre einen Unterschied? Glaubst du, dass auch nur ein Mensch mehr nach Hooge gekommen ist, weil er unbedingt dieses antike Fundstück sehen wollte? Du bist Kunsthistorikerin. Hast du je von deinen Kollegen gehört, du musst unbedingt mal an die Nordsee reisen, da hängt eine beinahe fünfhundert Jahre alte Jesus-Figur an der Wand?«

»Nein.«

»Die Leute kommen doch, um die Hallig als solche zu erleben. Und die Kirche ist ein ganz besonderer Ort für viele. Die würden sie sich auf jeden Fall ansehen, ob mit altem Christus oder ohne. Keine Ahnung, was das genau ist.« Christoph setzte seine Brille ab. »Aber irgendetwas ist da. Vielleicht sollte man mal ein Medium in die Kirche schicken, um die besondere Atmosphäre und den Zauber dieses Ortes zu entschlüsseln.«

Sie nickte. »Du hast recht, aus irgendeinem Grund fühlen

sich viele auf Hooge und besonders in der St. Johannis-Kirche dem Himmel und Gott näher als anderswo. Ich habe bei meinem ersten Besuch in dem Gästebuch geblättert, das vorne ausliegt. Es ist beeindruckend. Anscheinend ist da etwas, das die Menschen dazu bringt, sich zu öffnen.« Sie dachte an die vielen Einträge, die sie sehr berührt hatten. An die Zeilen, in denen es hieß, dass Gott, wenn er überhaupt auf der Erde zu Hause wäre, nur auf Hooge wohnen könnte. Sie verstand, was diese Menschen meinten. »Das mit dem Medium würde ich lieber lassen«, meinte sie. »Gönnen wir der zauberhaften kleinen Kirche doch ihr Geheimnis.«

Sie gab zwei Stückchen Kandis in ihre Tasse und goss Tee darauf. Es knisterte und duftete nach Zitronenverbene und Melisse. Gedankenversunken rührte sie um und sah zu, wie die braunen Zuckerstückchen kleiner wurden. Ihr ging so vieles durch den Kopf. Dass Christoph so entschlossen eine gemeinsame Zukunft plante, hatte sie zwar gehörig überrascht, aus der Bahn geworfen hatte es sie aber nicht. Sie waren nicht mehr in dem Alter, um Spielchen zu spielen. Außerdem hatten sie offenbar beide das Gefühl, so gut zusammenzupassen, wie das für Frau und Mann eben möglich war. Warum also Zeit verschwenden? Viel mehr beschäftigte sie die Tatsache, dass er sie mit nach Sylt nehmen wollte. Dort mochte es ja ganz schön sein, aber sie konnte sich beim besten Willen nicht vorstellen, sich auf der Insel auch nur annähernd so geborgen und behütet zu fühlen wie in der Gemeinschaft der Hooger. Was, wenn Christoph sich nicht umstimmen ließ? »Leben möchte ich hier nicht«, hatte er gesagt. Und dann war da noch die Angst, ihre Krankheit könne zurückkommen. Die ärztliche Versorgung war nicht gerade gut. Kleine Wehwehchen konnte der Gemeindepfleger lindern, bei ernsten Erkrankungen musste man aber auf das Festland fahren.

»Worüber denkst du nach?« Christoph hatte sie offenbar schon eine ganze Weile beobachtet.

»Über die Zukunft.«

»Oh, gut!«

Die Kellnerin brachte das Essen. »Lasst es euch schmecken.«

Lea war froh über die Ablenkung. Von ihren Bedenken bezüglich der medizinischen Situation sagte sie nichts. Natürlich nicht. Sie würde ihm damit nur ein Argument für Sylt an die Hand geben. Außerdem wollte sie keine Angst mehr zulassen. Hatte sich der Pastor an ihrem ersten Tag nicht so ausgedrückt? Vielleicht hatte er ja recht. Womöglich lag es wirklich an einem selbst, ob man vor lauter Panik unterging, wie Petrus auf dem Kirchenfenster, oder ob man über das Wasser gehen konnte.

»Warst du schon mal auf Sylt?« Christoph schob sich ein Stück Fisch in den Mund.

»Nein.«

»Wunderbar, dann habe ich schon gewonnen.« Er strahlte zufrieden und schaufelte Salat hinterher.

»Ist das so? Und warum bist du so siegessicher?«

»Weil du Sylt lieben wirst. Nicht wegen der oberflächlichen Vorzüge, wie Theater oder wegen der guten Restaurants.« Er schüttelte kauend den Kopf. »Die Dünen wirst du lieben. Du kannst den ganzen Tag spazieren gehen.«

»Zwischen all den Touristen, die die Insel wie Heuschrecken überrennen, richtig?«

»Ach was!« Er winkte ab. »Das sind Vorurteile. Klar ist mehr los als auf Hooge. Dafür gibt es aber auch deutlich mehr Platz. Im Winter ist es auch ruhig. Aber nicht gleich tot.«

Sie verstand seine Anspielung genau und zuckte unbeeindruckt mit den Schultern.

»Und während der Hochsaison verteilt sich der Ansturm ganz gut. Du musst nur die geheimen Plätze kennen, dann kannst du auch immer deine Ruhe haben.«

»Es ist ja nicht so, dass ich mir Sylt nicht ganz nett vorstelle. Es ist bestimmt schön. So viele eingefleischte Liebhaber können sich wohl kaum irren. Es ist nur …« Lea zögerte. »Du hast selbst gesagt, dass einen die Leute nicht so offen und herzlich aufnehmen, wie es hier auf Hooge der Fall ist. Darum geht es mir. Um die Menschen. Die sind auf Sylt einfach anders, stimmt's?«

»Stimmt.« Er wischte sich den Mund ab und legte die Serviette auf seinen Teller. »Anders, aber deshalb noch lange nicht arrogant, wie viele meinen. Ich habe richtig gute Freunde auf der Insel. Du wirst sie mögen.«

»Ich weiß nicht.«

»Vorschlag: Wir fahren für ein paar Tage rüber, und ich zeige dir mein Sylt. Danach entscheiden wir gemeinsam, wo wir uns niederlassen wollen.«

»Das heißt, du schließt Hooge nicht völlig aus?«

Er verschränkte die Arme vor der Brust und seufzte tief. »Sagen wir es mal so, ich fühle mich hier durchaus irgendwie zu Hause. So richtig habe ich mir bisher keine Gedanken darüber gemacht, immer hier zu leben, weil sich die Frage nicht gestellt hat und ich jederzeit zu Besuch kommen konnte, wenn mir danach war. Ich halte das noch immer für einen guten Umstand. Auf Sylt leben, Hooge besuchen.« Er nahm ihre Hand. »Wenn du dich aber so gar nicht mit Sylt anfreunden kannst, wovon ich nicht ausgehe, würde ich ganz in Ruhe über Hooge nachdenken. Immerhin geht es auch andersrum: auf der Hallig leben und Sylt besuchen. Ich verspreche aber nichts.«

»Das ist fair«, sagte sie und küsste seinen Handrücken.

Am nächsten Tag ließ sich der Bürgermeister im Büro sehen. Lea hatte Glück, denn er hatte Zeit für sie, und sie gingen nach oben in das Bürgermeisterzimmer, einen schlichten Raum mit einem Tisch, ein paar Stühlen und jeder Menge Ordnern. Zunächst erzählte sie, was sie auch schon dem Pastor berichtet hatte.

»Schade. Vielleicht hätten wir vom Amt für Denkmalschutz Gelder bekommen können, wenn die Figur tatsächlich aus dem sechzehnten Jahrhundert gewesen wäre. Sehr schade.«

»Wenn es finanzielle Unterstützung gegeben hätte, dann sicher nur eine zweckgebundene. Das heißt, ihr hättet Zuschüsse zur Restaurierung der Figur beantragen können. Für die Sanierung der Kirche hättet ihr die nicht verwenden dürfen.«

»Na und, der Jesus kann bestimmt auch mal eine Kur vertragen, oder?«

»Nö, der scheint mir ziemlich gut in Schuss zu sein.« Lea schmunzelte. Sie war jetzt lange genug da, um zu wissen, wie viel Geld die Pflege und Erhaltung so einer Hallig verschlang. Von der Instandsetzung der Kirche bis hin zu der Beseitigung der Spuren von Landunter mehrmals im Jahr. Wie sollte eine so kleine Gemeinde diese Herkulesaufgabe nur stemmen? »Außerdem: Ein junger Hüpfer ist er nun auch nicht gerade. Diese hundert Jahre, die er wohl weniger auf dem Buckel hat, als ihr dachtet, machen den Kohl nicht fett. Wenn also mal eine Restaurierung fällig wird, könnt ihr trotzdem einen Antrag stellen.«

»Das ist gut.«

»Da ist noch etwas.« Es war ihr ein wenig unangenehm, sich für ein paar Tage abzumelden, wo man doch mit ihrer Arbeitskraft rechnete und ihr extra eine Wohnung zur Verfügung stellte. »Es ist dir bestimmt nicht entgangen, dass Christoph und ich … zusammen sind.«

»Nee, das war doch schon letztes Mal klar.«

»Ja«, stimmte sie zu, »jedem anderen, nur uns noch nicht. Jedenfalls wissen wir noch nicht so recht, wo wir leben wollen. Ich könnte mir sehr gut vorstellen, mich hier niederzulassen.«

»Im Ernst?« Er klang nicht gerade begeistert. »Das solltest du dir sehr sorgfältig überlegen. Und was sagt Christoph dazu?«

»Der will mich natürlich von Sylt überzeugen. Darum geht es. Ich wollte fragen, ob es in Ordnung wäre, wenn ich mit ihm für ein paar Tage rüberfahre, um mir die Insel mal anzusehen?«

Der Bürgermeister nickte bedächtig. »Ja«, sagte er gedehnt, »das ist eine gute Idee!«

»Du bist nicht sauer, weil die Wohnung dann leer steht und ich im Büro fehle?«

»Nein, warum denn? Das ist völlig in Ordnung.« Er pustete in seine Tasse und nahm einen Schluck Tee. »So eine Entscheidung will sorgfältig getroffen werden. Ist doch logisch, dass du dir Sylt mal angucken willst. Nee, mach dir man keine Sorgen.«

»Danke, das ist wirklich lieb von dir.« Lea zögerte. Irgendwie hatte sie erwartet, die Aussicht auf zwei neue Mitbürger, dazu noch in einem guten Alter, würde ihm gefallen und er würde sofort einen Werbefeldzug für seine Hallig und gegen Sylt starten. Danach sah es aber keinesfalls aus. Trotzdem fragte sie: »Falls wir uns doch entscheiden sollten, uns hier auf Hooge niederzulassen, wie wäre das? Ich meine, gibt es überhaupt eine Wohnung, die wir mieten könnten?«

»Das wäre das geringste Problem. Viel wichtiger ist die Frage, wovon ihr leben wollt. Hast du dir darüber schon mal Gedanken gemacht?«

»Meinen jetzigen Beruf kann ich im Grunde von jedem Ort ausüben. Ich brauche nur einen zuverlässigen Zugang zum Internet, und ab und zu müsste ich sicher mal nach Kiel oder Flensburg fahren, um in einer gut ausgestatteten Bibliothek zu stöbern. Überhaupt wäre ich bestimmt viel unterwegs, wenn ich etwas recherchieren würde, aber schreiben kann man hier sicher wunderbar.«

»Denkst du nicht, dir fehlt hier der Austausch mit anderen Typen aus der Kunstszene?«

Lea lachte. »Ich habe es in meinem Beruf nicht mit schrägen Malern oder ausgeflippten Bildhauern zu tun, sondern mit Kunstgeschichte. Das kann manchmal ziemlich trocken sein. Nein, der Austausch mit Christoph über Kunst wird mir wohl reichen. Außerdem gibt es auf der Hallig doch auch genügend Leute mit breit gefächertem Interesse, oder?«

»Erwarte diesbezüglich lieber nicht zu viel«, meinte er. »Die Leute sind mit ihrem Alltag beschäftigt, mit Saison oder Nicht-Saison. Außerdem … hundertsieben sind hundertsieben. Nicht mehr und nicht weniger. So viel zum Thema ›genügend Leute‹.« Er sah auf die Uhr. »Ach, Schiet, ich muss los. Hab einen Termin wegen der Kläranlage. Da werde ich wohl nicht pünktlich sein«, meinte er mehr zu sich selbst und trank in aller Ruhe seinen Tee aus. »Guck du dir man erst mal Sylt an. Danach unterhalten wir uns wieder. Einverstanden?«

Lutz war in der Mittagspause, als Lea wieder herunter in das Büro kam. Gabi brütete allein über irgendwelchen Stundenzetteln der Gemeindearbeiter, die offenbar einige Fragen offenließen.

»Hast du eine Minute Zeit für mich?«, fragte Lea.

»Klar. Alles, was mich von diesen Dingern ablenkt, ist gut. Ich werde nie begreifen, wieso auf diesen blödsinnigen Formularen eine Stunde in hundert Einheiten geteilt ist statt in sechzig.« Sie schüttelte den Kopf, hielt mitten in der Bewegung inne und verzog das Gesicht. Steif wie ein Fahnenmast drehte sie sich dann auf ihrem Stuhl zu Lea. »Was hast du auf dem Herzen?«

Lea beichtete, dass sie einige Tage nicht im Büro sein würde. Gabis Miene verfinsterte sich. Schnell erklärte sie, was sie zuvor schon mit dem Bürgermeister besprochen hatte.

»Wir müssen uns einfach entscheiden, wo wir leben wollen, auf Sylt oder auf Hooge.« Sie lächelte.

»Hooge steht auch zur Debatte? Na, das wär ja ein Ding!« Freude sah anders aus. »Wir kommen hier schon klar«, verkündete sie dann und ermunterte Lea, unbedingt nach Sylt zu fahren. »Dort zu leben ist schon etwas anderes«, sagte sie schwärmerisch. »Da ist das ganze Jahr etwas los, du hast tolle Einkaufsmöglichkeiten. Für jemanden vom Festland ist es mit Sicherheit viel einfacher, auf Sylt Fuß zu fassen als auf einer Hallig.«

»Aber du bist doch auch vom Festland gekommen, als du zu Hauke gezogen bist.«

»Ja, ja, ich möchte auch nicht tauschen«, erklärte sie eilig. »Aber du musst es dir schon sehr gut überlegen.«

Am Abend ging Lea allein in die T-Stube. Am ersten Tisch direkt gegenüber der Küche saß Hafenmeister Thorben beim Essen.

»Moin, Thorben, ganz allein?«

»Moin, Lea. Mein liebes Weib ist mal wieder fleißig. Sie löst mit Ingrid ein paar Computerprobleme. Und du?«

»Christoph ist in einer Sitzung des Kirchenvorstandes. Es geht wohl um einen Wartungsvertrag für die Orgel.«

»Magst du dich zu mir setzen?«

»Gern.«

Die Tagesgäste waren um diese Uhrzeit längst weg, nur diejenigen, die ein Zimmer hatten, bevölkerten jetzt die Gastronomie des kleinen Eilandes. Ihre Anzahl war noch recht übersichtlich, so dass die Einheimischen in der T-Stube ziemlich unter sich waren.

»Darf ich dich mal etwas fragen?«, begann sie, nachdem sie sich ein Labskaus bestellt hatte.

»Klar, schieß los!«

Lea mochte seine offene herzliche Art. Aus irgendeinem Grund vertraute sie ihm. Er wirkte so aufrichtig, war so gewissenhaft.

Und vor allem: Er selbst war erst vor einem Jahr mit seiner Frau nach Hooge gezogen. Seine Erfahrungen waren für sie wie ein Schatz, wie ein Blick in eine mögliche Zukunft. Deshalb war sie begierig, seine Meinung zu hören. Sie erzählte zum dritten Mal an diesem Tag, welche Möglichkeiten Christoph und sie für ihr gemeinsames Leben in Betracht zogen. Zum ersten Mal erwähnte sie ihm gegenüber auch die Reaktionen des Bürgermeisters und ihrer Kollegin Gabi.

»Ich habe das Gefühl, die wollen mir Sylt regelrecht aufschwatzen, als wollten die mich am liebsten alle loswerden«, schloss sie.

»Das ist ganz normal.« In seinen braunen Augen lagen Wärme und ein tiefes Verständnis. »Weißt du, Lea, vom Festland kommen alle naselang Leute, die meinen, sie müssten den Hallig-Bewohnern erst mal die Welt und – noch schlimmer – das Hallig-Leben erklären. Die haben sich hier schon mit so vielen Klookschietern, wie man hier sagt, herumgeschlagen, dass sie erst mal skeptisch sind. Ist doch logisch.«

»Aber die kennen mich doch. Die wissen doch, dass ich nicht meine, alles besser zu können, ihnen etwas erklären zu müssen.«

»Die kennen dich als Gast, als jemanden, der vorübergehend hier lebt und arbeitet. Die wissen aber auch, dass du dich in dem Moment veränderst, in dem du ganz hierherziehst. Also werden sie dich wieder neu kennenlernen. Und das tun sie eben mit einer gewissen Skepsis.«

»Meinst du? Vielleicht mögen sie mich einfach nicht.«

»Ach was, mit dir hat das gar nichts zu tun. Bei uns war das ganz genauso. Als ich *Hand gegen Koje* gemacht habe, hieß es: So einen wie dich könnten wir hier gut gebrauchen.«

»Du hast auch *Hand gegen Koje* gemacht?«

»Ja. Schatz und ich waren oft im Urlaub auf Hooge. Dann habe ich von dem Projekt gehört und mir gedacht, das wär mal was. Tja, und dann habe ich Blut geleckt und mein liebes Weib mehr oder weniger vor vollendete Tatsachen gestellt.«

»Ach, du meine Güte! Das war ganz schön leichtsinnig.«

»Nee, so rabiat war ich dann doch wieder nicht.« Er grinste verschmitzt. »Aber ich habe ihr so vorgeschwärmt, dass sie gleich Feuer und Flamme war. Als dann eine halbe Stelle frei wurde, habe ich mich sofort beworben. Und es hat geklappt.«

Sein zufriedener Gesichtsausdruck sagte ihr, dass er es nicht bereute. »Was meinst du, was ich für eine Reaktion von den Kollegen erwartet habe? Ich dachte, die jubeln alle, weil wir uns so super verstanden hatten und ich jetzt fest ins Team gehören würde. Aber ich habe das erlebt, was du auch erzählst. Sie waren eher verhalten und haben mich in den nächsten Wochen sozusagen gescannt. Sie wollten wohl wissen, ob ich alles verändern und auf den Kopf stellen will oder ob ich weiter nach ihrem Takt arbeite.«

»Und?«

Er lachte leise. »Na ja, das eine oder andere ist mir schon aufgefallen, was ich gern anders machen wollte. Wie ich dir sagte: Man verändert sich selbst, seine Einstellung, wenn man weiß, man bleibt für länger oder für immer. Plötzlich nimmt man Dinge nicht mehr hin, die man vorher noch charmant fand. Davor kann ich dich nur warnen. Da merkst du schnell, wie stur die Friesen sein können.«

»Ich meinte eigentlich: Haben sie dich inzwischen akzeptiert und sind wieder so herzlich wie am Anfang?«

Er dachte kurz nach. »Sagen wir es mal so: Bei einigen ging das ganz schnell. Ich würde sogar sagen, dass wir wirkliche Freunde gefunden haben. Andere kommen weniger gut damit klar, dass ich meinen Job gewissenhaft erledige und zum Beispiel die Einhaltung von Regeln auch von Alteingesessenen verlange. Manchmal habe ich den Eindruck, die haben nichts gegen mich, sondern vermissen einfach nur die Zeiten, in denen sie mit ihren Kumpels das Leben auf der Hallig bestimmt haben. Jetzt rennt hier Jungvolk vom Festland rum und hat das Sagen. Das ist eine Umstellung. Kann ich verstehen.« Er trank einen Schluck. »Das Wichtigste ist, dass alle, auch die, die dir manchmal krumm kommen, total hilfsbereit sind. Wenn du sie brauchst, sind sie da. Alle. Ich glaube, in ein tiefes Loch fällt jeder, der auf eine Hallig zieht. Aber wenn du dann auf dem Deich stehst, das Meer riechst, die Luft spürst, dann weißt du wieder, warum du das machst.«

V

Sand knirschte unter ihren Schuhen. Noch war es etwas zu kühl, um barfuß zu laufen. Trotzdem war der Spaziergang ein Genuss. Christoph hatte nicht übertrieben, der Strand war fantastisch, breit und fein und so lang, als würde er nicht enden. Sie schlenderten, die Finger fest ineinander verschränkt, hielten die Nasen in die Sonne und hörten dem Wind zu, der dem von Hooge in nichts nachstand.

»Was hältst du davon, wenn wir da vorne die Treppen hoch laufen und irgendwo einkehren, um etwas zu trinken?« Er küsste sie auf die Wange.

»Gute Idee.« Lea fühlte sich pudelwohl. Es war lange her, dass sie einen Partner an ihrer Seite gehabt hatte, und noch länger, dass sie verliebt gewesen war. Oben auf dem Scheitel des Steilufers angekommen, setzten sie sich auf die Terrasse eines kleinen Lokals. Glasscheiben schützten sie vor dem Wind, erlaubten ihnen aber einen Blick über die Weite des Strandes und die Wellen der Nordsee, die voller Wucht auf das Land rollten. Die großen metallenen Heizpilze waren nicht mehr in Betrieb. Weggeräumt hatte man sie aber auch noch nicht. Wohl zur Sicherheit. Der April konnte noch kalte Tage bringen.

»Die Treppen haben mir nichts ausgemacht«, erklärte sie fröhlich und voller Stolz. »Ich bin gar nicht aus der Puste. Das war in den letzten Monaten anders. Ich glaube, ich bin wieder richtig fit. Wird Zeit, dass ich wieder anfange zu joggen. Sonst werde ich doch noch schlapp.«

»Keine Angst, ich sorge schon dafür, dass du genug Bewegung hast. Morgen zeige ich dir den berühmten Ellenbogen. Da kann man so lange laufen, dass du mich anflehen wirst, eine Pause zu machen.« Er berührte sie leicht an der Schulter, als er an ihr vorbei in das kleine Lokal verschwand. Wenig später war er mit einer großen Flasche Wasser und zwei Gläsern Weißwein wieder da.

»Ist es nicht ein bisschen früh dafür?«, meinte Lea und deutete auf die Gläser.

»Für Wasser ist es nie zu früh«, gab Christoph grinsend zurück. Sie stießen an. Der Wein war wunderbar, erfrischend und mit einer Würze, die eine hervorragende Traube verriet.

»Mir ist gestern aufgefallen, dass einige Orts- oder Straßenschilder zweisprachig sind. Die zweite Sprache war doch nicht Dänisch, oder?«

»Nein, das ist Sölring, Sylterfriesisch.«

»Gibt es noch Leute, die das sprechen? Ich hatte den Eindruck, dass es sehr weit vom Hochdeutschen entfernt ist.«

»Das stimmt. Es hilft dir nicht mal, wenn du Plattdeutsch verstehst. Na ja, vielleicht ein bisschen«, räumte er ein.

»Und, wird es noch gesprochen? Du bist doch hier geboren. Du müsstest den Dialekt eigentlich beherrschen«, neckte sie ihn.

»Kumt Riien, kumt Senenskiin, tö di wü hual. Aural!«

Sie schaute ihn mit großen Augen an. »Ich habe kein Wort verstanden, aber ich bin schwer beeindruckt.«

»Das war ein Zitat aus Sylts inoffizieller Hymne.« Er nahm

einen Schluck Wein. »Ich gebe zu, es war nicht ganz korrekt, ich habe die Zeilen etwas abgewandelt.«

»Habe ich nicht gemerkt.« Sie lachten. »Und was hieß das nun?«

»Kommt Regen, kommt Sonnenschein, zu dir halten wir. Immer!«

»Schön.«

»Im Original heißt es: Zu Sylt halten wir immer. Aber ich fand es romantischer, es auf dich zu beziehen.«

»Ich bin gerührt. Aber warum hieß es dann nicht: Zu dir halte ich immer? Wer ist wir?«

»Mir ist gerade nicht eingefallen, wie man Ich sagt. So gut ist mein Sölring dann auch wieder nicht.«

»Verstehe. Wirklich sehr romantisch.« Sie stießen erneut an. »Herrlich, das ist wie Urlaub!«

»Urlaub auf Sylt?«, fragte Christoph sie in gespieltem Entsetzen. »Ist das nicht dekadent?«

»Hatten wir nicht eine Abmachung?«

»Keine Anspielung, keine Beeinflussung. Stimmt.« Nach einer Pause sagte er: »Wusstest du, dass gar nicht bekannt ist, woher der Name Sylt stammt?«

»Ist das so?«

»Das sagst du oft. Ist dir das mal aufgefallen?«

»Nein, ist das so?«

»Ich glaube, dir bekommt der Wein um diese Zeit tatsächlich noch nicht.«

»Das sehe ich aber ganz anders. Ich wollte mich gerade revanchieren und noch mal zwei Gläser holen.«

»Überredet.« Er trank eilig den letzten Schluck und hielt ihr sein Glas hin.

»Wie war das jetzt mit dem Namen?«, wollte sie wissen, als sie zurück war. »Man muss doch die Herkunft kennen.«

»Es gibt mehrere Theorien. Die einen behaupten, es hätte etwas mit dem skandinavischen Wort Sild zu tun. Das bedeutet Hering.«

»Glaube ich kaum. Sylt würde sich doch nie nach einem so profanen Fisch nennen. Dann schon eher nach dem skandinavischen Wort für Kaviar, oder?«

»Also gut, du hast uns durchschaut. Dann kann ich ja jetzt den Hummer und den Schampus holen und brauche nicht länger diesen billigen Wein zu ertragen.« Er griff nach ihren Gläsern und machte Anstalten, den Inhalt auf den Boden zu kippen.

»Halt! Billig ist der nun wirklich nicht. Ich bin ja schon brav. Keine Anspielungen mehr.«

»Okay«, sagte er, »wir sind quitt.«

»Sild, Sylt, das liegt sprachlich nah beieinander.«

»Stimmt. Es könnte aber auch aus dem Altdänischen kommen oder aus dem Urgermanischen. Dann würde es übrigens so etwas bedeuten wie Ort der Robben.«

»Auch nicht unpassend. Womit haben es die Inselbewohner eigentlich zu diesem Wohlstand gebracht? Ließ sich mit Robbenfellen oder Walfang ein solcher Reichtum anhäufen?«

Er schüttelte den Kopf. »Wie kommst du darauf, dass die Sylter reich sind? Die mit den dicken Portemonnaies kommen doch eher vom Festland und haben hier ein nettes kleines Feriendomizil für zwei oder drei Millionen. Nein, das Leben war früher nicht vom Luxus geprägt, sondern von der Abhängigkeit von der Natur. Genau wie auf Hooge haben Sturmfluten gewütet und ganz viel Land verschlungen. Neben dem Walfang hat man früh angefangen, Austern zu züchten. Auch die Seefahrt und die Entenjagd brachten etwas Geld. Mit Landwirtschaft war dagegen kein Staat zu machen. Ende des achtzehnten Jahrhunderts war die Bevölkerung eher arm. Erst Ende des neunzehnten Jahrhunderts hat sich langsam der Tourismus entwickelt.«

»Und mit den Gästen kam das Geld.«

»Das kann man so sagen, ja. Auch wenn dummerweise noch zwei Weltkriege und andere Schwierigkeiten dem Aufschwung im Weg standen. Ab Mitte des zwanzigsten Jahrhunderts ging es so richtig los. Zahlungskräftige Touristen, aber auch Künstler und Intellektuelle haben das Bild der Insel geprägt.«

»Nicht gerade zu ihrem Nachteil, wenn man mal von den hässlichen Hochhäusern absieht, die auch entstanden sind«, meinte sie.

»Weißt du, Lea, mit Sylt ist es wie mit Hooge. Man darf sich nicht vom ersten Eindruck täuschen lassen. Oder anders ausgedrückt: Man sollte sich nicht einbilden, die Insel oder eben die Hallig verstanden zu haben, wenn man erste Einblicke in deren Alltag gewonnen hat.«

»Ich verstehe nicht ganz. Sylt lebt doch wirklich gut vom Tourismus, oder?«

»Im Moment auf jeden Fall. Dadurch dass die Grundstückspreise so explodiert sind, ist das bisschen an Industrie und Landwirtschaft, das es überhaupt nur gegeben hat, allerdings auch noch so gut wie verschwunden. Zur Zeit kommen täglich viele Pendler vom Festland, um hier zu arbeiten. Was wird aber, wenn die Gäste sich ein neues In-Ziel suchen? Sylt ist von ihnen abhängig. Das ist nicht gut.«

»Du hast etwas gegen Abhängigkeit, was?«

»Ja, sie macht mir Angst«, gab er unumwunden zu.

Lea hatte das zweite Glas beinahe geleert. »Ach, Angst …« Sie winkte ab. »Ich habe beschlossen, keine mehr zu haben.«

»So, hast du?«

»Allerdings! Angst ist doch total überflüssig. Wer sie hat, geht unter. Und ich will nicht untergehen.«

»Ich auch nicht«, stimmte er zu. »Ich will viel lieber essen gehen. Hunger?«

»Bärenhunger!«

»Das ist gut.«

Zwei Kerzen brannten in schlanken gläsernen Haltern. Der quadratische Tisch an dem riesigen Fenster, durch das sie auf das Meer sehen konnten, hatte sich weißes Leinen übergezogen. Der Kellner servierte die Suppe – eine Komposition aus Krustentieren und Hokaido-Kürbis, hatte es auf der Karte geheißen.

»Ich wünsche Ihnen einen guten Appetit.« Hatte er sich eben wirklich leicht verneigt? Lea musste lächeln.

»Ich wünsche dir ebenfalls einen guten Appetit«, sagte sie übertrieben förmlich.

»Danke, dir auch.« Christoph streckte die Nase ein wenig vor. »Duftet super!«

»Und schmeckt auch toll«, pflichtete sie bei. Das war etwas anderes als Hausmannskost oder gar Fritteuse. Das Restaurant rühmte sich, nur hochwertigste regionale Erzeugnisse zu verwenden, schonend zu verarbeiten und mit frischen Kräutern und Gewürzen zu verfeinern. Das war offenbar keine Übertreibung.

Nachdem die leeren Schalen abgeräumt worden waren, verschränkte Lea ihre Hände unter dem Kinn und betrachtete ihn aufmerksam.

»Ich habe mir überlegt, dass ich mir nicht nur ein Bild von Sylt machen will, sondern auch von dir.«

Er zog fragend die Augenbrauen hoch.

»Na ja, ich bin in meinem Leben bisher nie schnell mit jemandem zusammengezogen. Genau genommen, habe ich erst mit zwei Männern eine Wohnung geteilt. Und das jedes Mal erst, nachdem wir schon einige Monate zusammen waren. Um ehrlich zu sein, …«

»Du hast Angst«, fiel er ihr ins Wort.

»Nein«, widersprach sie. »Ich kriege höchstens kalte Füße.«

»Aha. Das ist natürlich ein Riesenunterschied.« Er trank einen Schluck Wasser. »Was willst du wissen?«

»Alles! Beschreib dich einfach mal. Bin gespannt, wie du dich selber siehst.«

»Da gibt's nicht viel zu beschreiben. Ich bin total einfach gestrickt.«

Jetzt verzog Lea ungläubig das Gesicht.

»Doch, wirklich. Ich sage, was ich denke. Wenn ich etwas nicht leiden kann, sage ich das sehr deutlich und finde mich auch nicht aus Höflichkeit damit ab. Ich bin nachtragend. Aber nur, wenn mich jemand wirklich enttäuscht hat. Von kleinen Fehlern spreche ich nicht«, ergänzte er. »Aber wenn ich jemanden mag, kann der uneingeschränkt auf mich zählen. Und das eigentlich lebenslang. Ich glaube, ich bin eine treue Seele.«

»Gilt das auch für Frauen mit Glatze?«

»Das hat doch nichts mit Äußerlichkeiten zu tun.«

»Weiß ich doch.« Sie wollte es jetzt wissen. »Andererseits spielen Äußerlichkeiten auch eine Rolle. Das wirst du nicht leugnen. Männer mit Glatze sind okay. Ich sah ohne Haare aus wie ein Mausebaby direkt nach der Geburt.«

»Klingt drollig«, meinte Christoph.

»Ist es aber nicht.« Lea wurde ernst. »Es könnte passieren, dass ich auf den Look zurückkomme. Was dann?«

Das Hauptgericht wurde serviert. Es gab Steinköhler mit Frühlingszwiebeln, Brunnenkresse und Kräuterkartoffeln. Lea konnte sich nicht erinnern, wann sie das letzte Mal so gut gegessen hatte. Der Fisch war mild und hatte angenehm festes weißes Fleisch, die verschiedenen Aromen ergänzten einander hervorragend, ohne dass eines die anderen überlagert hätte.

»Dann würde ich jeden Morgen neben einem Mausebaby aufwachen«, beantwortete er ihre Frage. »Neben einem ziemlich pummeligen Mausebaby, wenn du so weiter futterst.« Er hatte seinen Teller noch nicht angerührt, sondern ihr anscheinend dabei zugesehen, wie sie es sich schmecken ließ.

»Ich wollte nichts kalt werden lassen. Das wäre ein Jammer.«

»Da hast du recht.«

Irgendwie gefiel ihr die Art, wie er mit ihrer Erkrankung umging. Ob er noch immer so lässig und liebevoll war, wenn es wirklich ernst wurde, musste sie herausfinden. Aber nicht an diesem Abend.

»Was muss ich sonst noch über dich wissen?«, fragte sie ihn.

»Ich schnarche, wenn ich Bier getrunken habe. Das betrifft dich aber nur selten, weil ich meistens Wein trinke.«

»Und danach schnarchst du nicht? Oder ist das abhängig von der Menge? Und überhaupt, wer sagt dir das? Deine Verflossenen? Oder meinst du nur, dass du nicht jede Nacht schnarchst?«

»Ich weiß es, das ist wissenschaftlich bestätigt«, erwiderte er.

»Heute hast du eine der seltenen Gelegenheiten, mich schnarchen zu hören«, ließ er sie dann wissen.

»Ach? Gehen wir noch auf ein Bier in deine Stammkneipe?«

»Nein, wir trinken hier noch eins. Das passt ziemlich gut zu Wein.«

»Ist das so, ist das wahr?«, verbesserte Lea sich schnell und grinste.

»Ja. Der Sylter Hopfen ist nämlich mild und fruchtig. Genau wie ein guter Wein. Du kannst nicht auf Sylt sein und ihn nicht probieren.«

»Sylter Hopfen? Du nimmst mich auf den Arm.«

Es sah nicht danach aus, denn er bestellte bei dem Kellner zwei Gläser, und der nahm die Bestellung entgegen, ohne mit der Wimper zu zucken.

»Jetzt bin ich aber wirklich neugierig.«

»Kannst du auch sein. Ich bin eigentlich kein Biertrinker, aber das mag ich ab und zu mal ganz gerne.«

»Wenn dir mal nach Schnarchen zumute ist … Und was macht das Zeug nun so einzigartig?«

»Alles, der Hopfen, der auf der Insel angebaut, die Champagnerhefe, die verwendet wird.«

»Champagnerhefe, hätte ich mir ja denken können. Aber das mit dem Hopfen nehme ich dir nicht ab.«

»Ist aber so. Es hat wohl einige Experimente gebraucht, bis die Sorte mit dem rauen Klima hier oben zurechtkam. Ich kann dir die Plantage zeigen. Ist gar nicht weit von Keitum.«

Der Kellner kam mit einer dunklen Flasche an den Tisch, deren Größe, Etikett und Korken sehr an eine Champagnerflasche erinnerten. Also hatte er sie doch auf den Arm genommen. Er schenkte ein. Nein, der Geruch, die Bernsteinfarbe und der Schaum sprachen eindeutig für Bier. Welche Überraschungen mochte die Insel noch bereithalten, fragte sie sich.

Als sie das Lokal verließen, war es längst dunkel.

»Und morgen probierst du Sylter Austern«, verkündete er.

»Auf keinen Fall. Wirklich, Christoph, ich habe dreimal in meinem Leben Austern gegessen. Das war jedes Mal wie weich gekochtes Ei mit Meerwasser.« Sie schüttelte sich. »Bitte nicht!«

»Kein Problem, ich kann die Dinger auch nicht leiden. Aber ich wollte sie dir nicht vorenthalten.«

Sie bummelten zum Auto.

»Wollen wir nicht noch ein Stückchen laufen? Die Luft ist so schön, ganz weich irgendwie. Außerdem platze ich gleich.«

»Ja, ich glaube auch, du könntest noch einen Spaziergang vertragen.« Sie knuffte ihn. »Aber nicht hier. Ich zeige dir meinen Lieblingsplatz der Kategorie ›Sylt bei Nacht‹.«

Sie fuhren gen Süden. In Hörnum stellten sie das Auto ab und spazierten durch die Dünen dem Leuchtturm entgegen, der sein Feuer über das Meer und die sanften, von Strandhafer, Besenheide und Krähenbeere bewachsenen Hügel kreisen ließ.

»Die meisten fahren in den weißen Nächten hoch nach List. Ich bin lieber hier in Hörnum. Dann hat der Ort etwas Magisches.«

»Weiße Nächte? Ist das eine Veranstaltung auf Sylt?«

»Nein, das sind die Nächte um die Sommersonnenwende Mitte Juni. Die Sonne geht in der Zeit fast gar nicht unter. Es bleibt nicht so hell wie in Skandinavien zur Mittsommernacht, aber es ist auch schon ziemlich schön, finde ich. Die Sonne verschwindet hinter dem Horizont, malt einen silbernen Streifen und geht wieder auf. Manchmal gehe ich gar nicht ins Bett, sondern suche mir einfach ein Plätzchen in einem nicht abgeschlossenen Strandkorb oder hier in den Dünen und gucke nur.«

»Du bist ein Romantiker.«

»Manchmal.«

»Kann ich verstehen, das hört sich wirklich toll an. Es ist aber auch ziemlich schön, wenn es dunkel wird.« Sie kostete von der salzigen Luft, die das Menü des Tages perfekt abrundete.

Am Fuß des Leuchtturms angekommen, setzten sie sich auf die kleine Mauer, die ihn einfasste. Christoph legte seinen Arm um sie, so dass sie nicht fror. Sie blickten auf die Nordsee hinaus, die im ständigen Wechsel angestrahlt wurde und gleich wieder in Dunkelheit versank. Nur die weißen Schaumkronen konnte man immer erkennen, und auch das Rauschen und Rollen erfüllte unentwegt die Stille.

Lea hatte so gut geschlafen wie lange nicht mehr. Sie erwachte am Morgen allein in dem breiten Bett. Mehrstimmiges Klappern, untermalt von den leisen Klängen eines Radios, verriet ihr, dass Christoph in der Küche werkelte. Sie streckte sich genüsslich. Ihr fiel ein, dass ihr etwas unbehaglich gewesen war, als sie gemeinsam unter eine Decke geschlüpft waren. Immerhin hatte die Krankheit Spuren an ihrem Körper hinterlassen, mit denen sie selbst noch ihren Frieden schließen musste. Sie jemandem zu zeigen – dazu noch einem attraktiven Mann – war keine einfache Aufgabe. Er hatte sie nicht gedrängt, erinnerte sie sich, sondern es zugelassen, dass sie ihre kalten Füße an seine warmen presste, sie einige Male geküsst, zärtlich, aber auch mit dem deutlichen Signal, dass er Lust auf mehr hatte. Dann musste er gespürt haben, dass sie noch nicht so weit war, und hatte sie in seinem Arm einschlafen lassen. Als sie an seine Küsse dachte, hatte sie ein Kribbeln im Bauch und bemerkte, dass auch sie Lust auf ihn hatte. Ob sie ihn jetzt zurück ins Bett holen sollte? Ein verlockender Gedanke. Und dann hatte sie auch den Schritt hinter sich, der zwangsläufig auf sie zukommen würde und sollte, der ihr jedoch großen Respekt einflößte.

Die Tür ging auf. »Raus aus den Federn! Die Sonne scheint, das Wetter ist herrlich. Jetzt gibt's Frühstück, und dann erobern wir den Ellenbogen, du Langschläfer.« Er kam zu ihr und küsste sie. Sie hatte sich noch nicht einmal die Zähne geputzt und fühlte sich unbehaglich muffig. Nein, die Lust, ihn zu verführen, war ihr schlagartig vergangen. Außerdem schien er dafür auch keine Zeit zu haben. »Von wegen Mausebaby, ein Murmeltier bist du«, plauderte er gut gelaunt weiter und zog ihr die Decke weg.

Eine Stunde später hatten sie den Parkplatz und zwei Gebäude hinter sich gelassen, letzte Posten der Zivilisation. Dann waren sie nur noch von Natur umgeben, das Meer zu ihrer Linken, die dünenartige Mondlandschaft zur Rechten und der feine Sand unter ihren Füßen.

»Hast du dich gut eingecremt? Die Sonne ist tückisch.«

»Sie ist herrlich«, widersprach sie. Er war aufmerksam und umsichtig, ohne sie wie ein rohes Ei zu behandeln. Das rechnete sie ihm hoch an.

»Ja, es fühlt sich schon fast an wie Sommer. Durch den Wind merkt man gar nicht, welche Kraft die Sonne hat.«

»Ich habe mich gründlich eingerieben«, beruhigte sie ihn. Es war wahrhaftig ein Vorgeschmack auf den Sommer. Sie hatte sich ein Tuch umgebunden, das ihr das kurze braune Haar aus dem Gesicht hielt, und eine Sonnenbrille aufgesetzt. Ihre

Bluse hatte kurze Ärmel, die Jacke hatte sie um die Hüfte geschlungen.

»Wir mussten gar keine Kurtaxe zahlen wie an den anderen Stränden«, fiel ihr plötzlich auf.

»Nein, am Ellenbogen ist alles ein bisschen anders. Das Land gehört einer Erbengemeinschaft. Die kassieren nur, wenn du mit dem Auto in das Gebiet fahren willst. Ich finde das wunderbar. Wenn es nach mir ginge, würde man alle Strände kostenfrei besuchen dürfen.«

»Mit der Meinung stehst du mit Sicherheit nicht allein da.« Sie lachte. »Einerseits stimme ich dir zu, andererseits sehe ich die Notwendigkeit von Kurabgaben. Denk nur an den Hallig-Taler. Der ist wichtig, finde ich.«

»Das ist auch etwas anderes. Wenn Orte, die aufgrund ihrer geographischen Lage deutlich höhere Kosten haben als andere, eine Abgabe kassieren, bin ich sofort dafür. Venedig ist übrigens auch so ein Ort, finde ich. Aber ein ganz gewöhnlicher Strand?«

»Die Leute wollen eben, dass der ganz gewöhnliche Strand sauber ist. Dazu bedarf es einer regelmäßigen Pflege, und die kostet Geld.« Lea zuckte mit den Schultern.

»Und was ist mit Wanderwegen in den Bergen oder in der Heide? Was ist mit den Ufern von Seen? Die darfst du auch betreten und genießen, ohne gleich zur Kasse gebeten zu werden.«

Eine ganze Weile gingen sie schweigend nebeneinander her. Ein paar Möwen hockten im Wellensaum und lauerten auf Beute oder kreisten über ihren Köpfen. Ab und zu begegneten ihnen auch andere Strandläufer. Lea rief ihnen ein fröhliches »Moin« zu, wie sie es von Hooge kannte. Meist bekam sie Antwort, doch ihr wurde schnell klar, dass es hier nicht üblich war, jeden zu grüßen. In der Ferne zeichnete sich ein Frachtschiff vor dem Horizont ab.

»Als ich ein kleines Mädchen war, wollte ich immer zur See fahren.«

»Ich dachte immer, kleine Mädchen wollen Tierärztin werden oder Sängerin.«

»Das wäre für mich beides keine gute Idee gewesen. Wenn ich singe, fallen die Möwen tot vom Himmel, und ich habe Respekt vor Pferden, mag keine Schlangen, keine Spinnen und sonstiges Getier.«

»Schlechte Voraussetzungen für eine Karriere.«

»Eben.« Bei jedem Schritt gab der Sand unter ihren Füßen nach und machte das Gehen anstrengend. Lea genoss es, sich endlich wieder körperlich fit zu fühlen, hielt aber trotzdem Ausschau nach Cafés oder Strandbars, in denen man eine Rast einlegen konnte. Bisher hatte sie nichts dergleichen entdeckt.

»Wir haben in Nordholz gewohnt, einem verträumten kleinen Badeort zwischen Bremerhaven und Cuxhaven, zwischen Elbe und Weser, aber mit Blick auf die Nordsee. Ich habe immer am Strand gehockt und die großen Pötte gesehen, die von Bremerhaven aus in die Welt schipperten. Jedem habe ich damals erzählt, dass ich mal mein Kapitänspatent machen und auch die Weltmeere bereisen werde.« Die Erinnerung ließ sie lächeln. »Ich hatte natürlich als Kind keinen Schimmer, wie der Arbeitsalltag zur See wirklich aussah, aber ich war wild entschlossen.«

»Ich wollte Feuerwehrmann werden, wie sich das für einen anständigen Jungen gehört. Als ich fünf war, bin ich zur örtlichen Feuerwehr marschiert und habe denen meine Bewerbungsmappe vorgelegt.«

»Du hast was?« Sie musste lachen.

»Klar! Ich habe denen gesagt, dass ich noch meinen Kindergarten zu Ende machen muss und dann die Schule, aber danach könnte ich bei ihnen anfangen.« Auch Christoph konnte sich ein Lachen nicht verkneifen. »Das war zwar die Freiwillige Feuerwehr, und so langfristig haben die damals auch nicht geplant, aber ich glaube, sonst hätte ich gute Chancen gehabt.«

»Die waren bestimmt vollkommen begeistert. Ein Dreikäsehoch mit einer Bewerbungsmappe … so etwas Niedliches!« Sie küsste ihn auf die Wange. Bestimmt war er ein drolliger Knirps gewesen, dachte sie und bekam ein ganz warmes Gefühl.

»Wenn du meine Eltern kennenlernst, werden sie dir erzählen, wie niedlich ich war.« Er verdrehte die Augen und machte ein zerknirschtes Gesicht. »Die Lieblingsgeschichte meiner Mutter, neben meiner Bewerbung als Feuerwehrmann, ist Brunos Geburtstag.«

»Wer ist Bruno?«

»Mein Teddy. Ich kam eines Tages aus dem Kindergarten und erklärte ihr, Bruno habe Geburtstag und ich hätte deswegen bereits die Teddys aus der Nachbarschaft eingeladen. Sie hat toll mitgespielt«, erzählte er. »Es gab Kuchen und Kakao für die Kinder, die zwangsläufig auch eingeladen waren, denn allein hätten die Stoffbären ja schlecht kommen können. Wir haben Topfschlagen gemacht und Sackhüpfen, alles mit Bärenbegleitung. Es war super. Als sie mich ins Bett gebracht hat, hat meine Mutter mir allerdings erklärt, dass nur Teddys Geburtstag haben, alle anderen Stofftiere nicht, und auch Teddybären hätten nur einen pro Jahr. Ich glaube, sie hatte wirklich Panik, dass jetzt meine gesamte Spielzeugtruppe Geburtstag haben würde.«

Nachdem sie ein Stück durch die Dünen gegangen waren,

erreichten sie wieder den Strand. Er war noch breiter als der, über den sie gekommen waren.

»Der Strand ist ein Traum. Was meinst du, ob das Wasser noch sehr kalt ist?« Schon zog sie Schuhe und Strümpfe aus.

»Davon kannst du ausgehen.«

»Das werde ich gleich mal testen«, verkündete Lea übermütig, krempelte die Hosenbeine unordentlich auf und tastete sich Schritt für Schritt in die heranrollenden Wellen. Als das Wasser ihre Füße bis zu den Knöcheln umspülte, quietschte sie.

»Das ist nicht kalt, das ist eisig! Aber im Sommer muss es sehr schön sein, hier zu baden.«

»Für Leute, die nicht sehr am Leben hängen vielleicht.«

»Wieso? Es sieht doch so aus, als wäre das Wasser ziemlich flach. Auch noch weit draußen.«

»Die Tiefe ist auch nicht gefährlich, sondern die Strömungen sind es. Zum Baden gibt es bessere Stellen auf Sylt. Aber wenn man allein sein will, wenn man ein romantisches Picknick zu zweit genießen möchte, ist man hier genau richtig.« Christoph stapfte hinauf zum Ansatz der Dünen und ließ dort seinen Rucksack von den Schultern gleiten.

»Das ist nicht dein Ernst. Dafür hast du dieses Monstrum die ganze Zeit mitgeschleppt?«

»Ein einfaches ›Danke, lieber Christoph, dass du diese Strapaze für mich auf dich genommen hast‹ hätte auch gereicht.«

Sie hatte ihn eingeholt und drückte ihm einen Kuss auf den Mund. »Danke, lieber Christoph, dass du dieses Monstrum geschleppt hast! Ganz ehrlich, ich habe noch nicht ein Lokal gesehen, seit wir unterwegs sind. Mir hängt der Magen in den Kniekehlen, und ich habe Durst. Ich glaube, ich könnte eine Magnumflasche Sylter Hopfen leer machen.«

»Nix da, es gibt Wasser.«

»Auch gut!«

»Das ist das Schöne hier oben. Es gibt kein Restaurant, keinen Laden, keine Eisdiele, nicht einmal Strandkörbe gibt es hier. Auf der Straße haben die Schafe Vorfahrt, und du kannst fast nach Dänemark spucken.«

Sie ließ sich erschöpft auf das Moos fallen und sah über das Meer. Der weiße Sand von Rømø erschien wirklich zum Greifen nah. Als würde der Lister Ellenbogen sich dort drüben spiegeln, ging es ihr durch den Kopf.

Er hatte Brot mitgebracht, ein bisschen Käse, Salami, natürlich Krabbensalat, Äpfel und etwas Salzgebäck. Außerdem holte er ein Buch hervor, nachdem sie gegessen hatten.

»Stört's dich?«, fragte er und klang ein wenig unsicher.

»Kein bisschen.« Sie streckte sich aus und legte ihren Kopf auf seinen Schoß. »Stört's dich?«, fragte sie zurück.

»Nein.«

Während er las, blinzelte sie in den Himmel. Nur hin und wieder zog eine Wolke vorbei. Sie betrachtete dann die Form und überlegte, ob sie etwas darin erkennen konnte. Darüber nickte sie ein.

»Du hast ordentlich Farbe bekommen«, stellte Christoph fest. »Steht dir.« Er küsste sie auf die Nase und wendete sich wieder den Zwiebeln zu, die er soeben entblättert hatte.

»Soll ich dir nicht doch helfen?« Lea saß auf einem der beiden Barhocker an dem offenen Küchentresen, die Füße auf den zweiten gelegt, ein Glas Weißwein vor sich.

»Nein, ganz sicher nicht. Ich koche gern.«

»Das hast du mir bisher verschwiegen.«

»Ist das wichtig?« Er strich sich das blonde Haar aus dem Gesicht und griff nach einer Tomate. Auch er hatte Farbe bekommen. Seine Haut schimmerte rötlich, die Sommersprossen, die ihr noch gar nicht aufgefallen waren, traten deutlich hervor.

»Allerdings! Männer, die gut kochen können, sind auch anspruchsvolle Esser.«

»Ich habe nicht gesagt, dass ich gut koche.«

»Oh.«

»Ich schätze die einfache Küche. In erster Linie habe ich einfach Spaß, ein Gläschen Wein zu trinken, mit den Lebensmitteln zu hantieren und es mir dann mit meinem Teller und einem Buch oder natürlich netter Gesellschaft gemütlich zu machen. Ich bin ziemlich gern zu Hause. Ständig in Restaurants zu essen wäre nichts für mich.«

»Das überrascht mich. Ich hatte gestern den Eindruck, du hast dich ganz wohl gefühlt.«

»Habe ich ja auch. Aber das gestern war eine reine Marketing-Veranstaltung. Hätte ich gleich für dich gekocht, wären die Chancen für Sylt beträchtlich gesunken.«

»Verstehe.«

»Morgen essen wir auch wieder auswärts. Das habe ich mir genau überlegt. Erstens gehen wir morgen ins Konzert. Da bietet es sich an, in Westerland eine Kleinigkeit zu essen. Außerdem wirst du bestimmt den Abend gestern in einem der besten Restaurants der Insel und den Konzertabend morgen in Erinnerung behalten. Der kulinarische Ausreißer heute gerät da schnell in Vergessenheit. Gute Strategie, oder?«

»Ist das so?« Sie strahlte ihn an. »Ja, ich fürchte, ich muss mich vor dir in Acht nehmen. Strategen sind mir nicht geheuer.«

»Ach was, Frauen sind doch die besten Strategen«, behauptete er und kam zur ihr um den Tresen herum. »Aber vor mir in Acht nehmen solltest du dich trotzdem.«

Sie spürte seine Lippen auf ihren. Sie waren ganz warm und weich und etwas salzig von der Luft, der sie den ganzen Tag ausgesetzt waren. Er streichelte ihre nackten Arme, fuhr zart mit den Fingernägeln hinauf bis zu den Ärmeln ihrer Bluse. Nicht weiter. Dann hob er einen ihrer Füße hoch, stellte sich zwischen ihre Beine, legte die Hände um ihre Taille und zog sie zu sich.

»Hilfe«, protestierte sie leise, »ich falle vom Hocker.«

»Keine Sorge, ich pass schon auf«, flüsterte er und hielt sie so fest, dass sie nicht fallen konnte. Seine Küsse wurden direkter, fordernder. Es war klar, dass er Lust auf mehr hatte, und die hatte sie auch. Sie spürte ein Ziehen in ihren Lenden. Die Hitze des Tages steckte noch in ihrem Körper. Sie fühlte sich davon gleichzeitig aufgeladen mit einer Sommerenergie und angenehm ermattet. Seine Zunge stieß behutsam gegen ihre Zähne. Lea wurde nervös. Sie hatte Lust, hatte Lust auf ihn, auf seinen Körper, aber sie hatte auch Angst. Da half kein Leugnen. Was würde er sagen, wenn er ihre Narbe zu sehen bekam? Ihre Hüften trafen sich, er rieb sich lustvoll an ihr.

»Das Wasser kocht«, murmelte sie heiser zwischen seinen Küssen.

Er löste sich von ihr. »Dann gibt's jetzt wohl Spaghetti nach Art des Hauses«, gab er zurück. Sein Bedauern war nicht zu überhören.

Auch nach dem Essen konnten sie die Finger einfach nicht voneinander lassen. Als sie das Geschirr in die Spülmaschine räumte, umarmte er sie von hinten und ließ seine Lippen über ihren Nacken gleiten. Schließlich nahm er ihre Hand, zog sie aus der Küche in das Wohnzimmer und auf das Sofa. Sie küssten sich. Ihre Zungen erkundeten einander, neckten sich. Seine Hände erforschten ihren Körper, ihre den seinen. Sie genoss es, begehrt zu werden und wieder Lust auf einen Mann zu haben. Es fühlte sich wunderschön an. Leider war ihr nur zu bewusst, dass ihre weiblichen Formen nicht mehr so perfekt sein würden, wenn er sie erst einmal aus ihrem Bustier geschält hatte. Wie würde er reagieren? Konnte er damit umgehen?

»Ich möchte mit dir schlafen«, sagte er und sah ihr in die Augen. Sie konnte sein Verlangen sehen, wusste, dass er sich nur mühsam beherrschte. Seine Stimme war tief und ruhig und weich. »Aber ich möchte dich nicht drängen«, sprach er weiter. »Ich will auf keinen Fall, dass du dich unbehaglich fühlst.«

»Ich fühle mich nicht unbehaglich«, entgegnete sie zögernd. »Ich weiß nur nicht, wie es sein wird, wenn du mich ansiehst, mich berührst, an der Stelle, an der ich mal eine Brust hatte.« Sie blickte auf ihre Hände. Ihre Stimme war ganz dünn geworden, aber sie musste immerhin nicht weinen.

»Finden wir es heraus, wenn du magst.«

Sie sah auf, direkt in seine Augen. Er war der richtige Mann, es war der richtige Zeitpunkt. Es gab keinen Grund, sich zu verstecken.

»Ja«, antwortete sie, »finden wir es heraus.«

Da lag sie nun neben ihm, nackt, mit nur noch einer Brust, und fühlte sich geborgen und sehr zufrieden. Sie hatten miteinander geschlafen, hatten sich gegenseitig erregt, verwöhnt, beinahe um alle Sinne gebracht. Weder hatte er einen Bogen um die Stelle gemacht, an der eine blass rosa Wulst an ihre Operation erinnerte, noch hatte er sich besonders darum gekümmert. Seine Hände waren überall gewesen, er hatte sich einfach treiben lassen und ihr das Gefühl gegeben, sie sei unversehrt und sexy. Ihre Körper glänzten noch vom Schweiß, sie atmete schwer. Christoph stützte sich auf seinen Ellenbogen und ließ die Fingerspitzen sanft über ihre Narbe gleiten.

»Du glaubst doch nicht ernsthaft, dass du für mich weniger Frau bist als jede andere. Im Gegenteil, ich habe noch nie eine kennengelernt, die so fraulich ist wie du. Und das ist nicht körperlich gemeint.« Er lächelte frech, beugte sich zu ihr herab und gab ihr einen Kuss. Erst einen auf den Mund, dann einen auf die Narbe. »Jedenfalls nicht nur.« Dann wurde er wieder ernst. »Daran hat sich nichts geändert, seit du dich entblättert hast.«

»Seit du mich entblättert hast«, korrigierte sie.

»Ich finde dich sehr schön. Du hast ausdrucksvolle lebendige Augen, du hast eine gerade Nase, hohe Wangenknochen, geschwungene Lippen. Du entsprichst geradezu perfekt meinem Schönheitsideal«, stellte er fest.

»Dumm nur, dass ich keine Brüste habe oder nur noch eine. Männer mögen lieber zwei davon und die gerne üppig, habe ich mir sagen lassen.« Wenn sie das Thema ein wenig ins Lächerliche zog, ihre Späße darüber machte, war es für sie leichter, überhaupt darüber zu reden.

»Wer sagt so etwas? Manche stehen auch auf den knabenhaften Typ«, widersprach er.

»Und du?«

»Mir ist nicht wichtig, wie viele Brüste du hast und wie groß sie sind.« Das Netz von Lachfältchen an seinen Augen, das ihr schon am ersten Tag aufgefallen war, trat wieder zum Vorschein. »Ich finde deine Handgelenke schön.« Er küsste nacheinander ihre Handgelenke. »Ich finde den Bogen deines Halses hinab zu den Schultern schön.« Er küsste sie auf die Stelle, wo der Hals in sanftem Schwung in die Schultern überging. Sie begann zu schnurren. »Und ich finde deine Oberschenkel schön, so sportlich gut in Form.« Jetzt neigte er sich herunter und erkundete mit seinen Lippen ihre Oberschenkel. Lea stöhnte auf. Da war wieder dieses verräterische Ziehen. Sie vergrub ihre Finger in seinem Haar, während sie seine Zunge, seine Lippen und seine Zähne spürte.

»Was meinst du«, keuchte sie, »schaffen wir eine zweite Runde?«

Er sah zu ihr hoch. »Ich schon!«

Am nächsten Tag bummelten sie durch Westerland. In der Friedrichstraße kaufte er ihr eine Norwegermütze, deren Seiten weit nach unten ragten und in Strickzöpfe übergingen.

»Damit siehst du sehr niedlich aus. Und du hast immer warme Ohren. Auch bei Sturm an der Nordsee.«

Sie tranken Kaffee, knabberten dazu Friesenkekse. In Keitum trafen sie sich mit Freunden von Christoph. Lea zog sich rasch um, und sie fuhren zu viert nach Westerland zurück, um ein Jazzkonzert zu besuchen. Bisher hatte sie nicht allzu viel von Jazz gehalten, sondern die üblichen Witze darüber gemacht: Wer zuerst fertig ist, hat gewonnen. Aber sie wurde eines Besseren belehrt. Die Stimmung war großartig, die Musik hatte derart viel Temperament und Gefühl, dass man gar nicht anders konnte, als sich davon mitnehmen zu lassen in eine Welt voller Klänge und Rhythmen. Mit Conny und Thomas verstand sie sich auf Anhieb. Sie hatte eine Boutique für Strickklamotten mit dem schönen Namen *Sylter Wolllust*, er war selbständiger Goldschmied und fertigte vor allem außergewöhnliche

Schmuckstücke aus Naturmaterialien an. Muscheln und kleine Stücke Treibholz bannte er ebenso in Gold oder Silber, wie er einfache glatte Steine durch auffällige Fassungen in Kunstwerke verwandelte, die alle Blicke auf sich zogen. Nach dem Konzert waren sie noch etwas trinken gegangen. Und später in seiner Wohnung, als sie alleine waren, schliefen sie wieder miteinander. Dieses Mal konnte Lea es von der ersten Sekunde an genießen, denn sie hatte keine Angst mehr.

Sie saßen nebeneinander an seinem Küchentresen und frühstückten. Ihre Taschen standen bereits gepackt im Flur.

»Das war eine richtig schöne Zeit«, meinte Christoph, nachdem er den letzten Schluck aus seinem Kaffeebecher getrunken hatte.

»Ja, stimmt.«

»Das Konzert war fantastisch. Braxton hat grandios Saxophon gespielt. Er ist der Beste!« Er räumte den übrig gebliebenen Aufschnitt zusammen, den er, wie er ihr erklärt hatte, einer Nachbarin im Hause bringen würde. Die junge Frau brachte sich und ihr Kind nur knapp über die Runden. Armut auf Sylt, auch das war etwas, was Lea sich vor ihrem Besuch nicht ausgemalt hätte.

»Das mag sein. Ich bin nicht gerade bewandert, was Jazz angeht«, ging Lea auf seine Bemerkung ein. »Ich komme noch immer nicht darüber weg, dass es mir überhaupt so gut gefallen hat«, murmelte sie, ohne recht bei der Sache zu sein.

»Begeisterung klingt anders. Alles in Ordnung mit dir?« Er sah sie von der Seite an.

»Ja, klar.«

»Du bist so ruhig. Was ist los?«

»Nichts.«

»Das stimmt nicht. Gestern mit Conny und Thomas hast du eine Pointe nach der anderen rausgehauen. Und nachher in meinem Bett warst du auch noch ganz anders drauf. Raus mit der Sprache, was hast du auf dem Herzen?«

Wie sollte sie es ihm sagen, ohne ihn zu verletzen? Er hatte sich so große Mühe gegeben, diese Tage perfekt zu gestalten. Und das war ihm gelungen. Die Zeit war perfekt gewesen. Alles hatte gestimmt, die Atmosphäre, die Stimmung zwischen ihnen, jede Kleinigkeit, die sie gesehen, gemacht, gegessen oder getrunken hatten, ja, sogar das Wetter war genau richtig gewesen. Vielleicht war es zu perfekt. Ihr fehlten die Ecken und Kanten, die einem Ort Charakter gaben.

»Es waren wirklich schöne Tage hier«, begann sie zögerlich. »Kann sein, dass sie ein bisschen zu schön waren. Ich meine, das war doch nicht der normale Alltag.« Außerdem war ihr die Insel zu wenig überschaubar, fügte sie in Gedanken hinzu. Man fuhr in einen anderen Ort, und schon kannte einen keiner mehr. Der Eisverkäufer erinnerte sich nicht, wenn man zum zweiten Mal kam. Sie war nur eine Touristin von vielen gewesen, ohne dazuzugehören.

»Dir fehlt die Hallig, stimmt's?«

»Ja«, sagte sie leise.

Christoph stand auf der anderen Seite des Tresens und schwieg. Sie sahen sich lange an.

»Fehlt sie dir nicht?«, wollte Lea wissen und war sicher, die Antwort zu kennen. Bloß hören wollte sie sie eigentlich nicht.

Noch immer sagte er nichts, sondern betrachtete sie nur aufmerksam. Plötzlich verzog sich sein Gesicht zu einem zufriedenen Strahlen, er nickte bedächtig.

»Doch, das tut sie. Die Menschen fehlen mir, der Zusammenhalt, die Ruhe. Ja, du hast gewonnen, ich habe Hooge wirklich vermisst.«

Mit einem lauten Jauchzen sprang sie vom Barhocker, hüpfte um den Tresen herum und fiel ihm um den Hals.

»Na, das ist ja schön nach hinten losgegangen«, murmelte er erstickt. »Da will ich dich für ein Leben auf Sylt begeistern und bekomme Sehnsucht nach der Hallig. Ich fasse es nicht.«

Sie saßen an Deck des Ausflugsschiffes und ließen sich den Wind um die Nase wehen.

»Sieh mal«, rief Lea, »da sind Kegelrobben. Ganz viele!« Sie sahen den Tieren zu, wie sie sich auf einer nahen Sandbank in der Sonne aalten oder mit lustig wackelnden Bewegungen ins Wasser schleppten, wo sie augenblicklich elegant abtauchten. Dann schwiegen sie, während Sylt kleiner und kleiner wurde. Er hatte einen Arm um sie gelegt, und Lea kuschelte sich an ihn. Sie verlor sich im Anblick der Gischt, die vom Schiffsmotor zu einem weißen Schaum aufgeschlagen wurde, der den Weg des kleinen Dampfers markierte, wie die Brotkrumen den Pfad von Hänsel und Gretel. Sie konnte es kaum erwarten, nach Hause zu kommen.

VI

Doch, wir haben die Zeit wirklich beide genossen«, erzählte sie Thorben. Sie saßen auf der Terrasse des *Klabautermann,* eines Selbstbedienungs-Bistros auf Hanswarft. Der Wirt, ein ständig gut gelaunter Kerl, nahm es mit seiner eigenen Vorgabe nicht so genau und bediente seine Gäste durchaus häufig, wenn nicht gar zu viel Betrieb war. Lea war an diesem Sonntagmorgen im Gottesdienst gewesen und hatte sich hier, nach einem kurzen Plausch mit dem Pastor, mit Thorben getroffen, um ihm die Neuigkeiten brühwarm zu berichten.

Bevor er zu Wort kam, sprang sie auf. »Ich hole uns einen Kaffee. Milchkaffee für dich?«

»Das kann ich doch auch machen.«

»Ja«, gab sie munter zurück, »ich bin aber schneller.«

In einer Ecke des Lokals traf sich der sonntägliche Stammtisch alteingesessener Hooger. Nur Männer, versteht sich. Sie philosophierten über die Tagespolitik und natürlich darüber, wie sich das Leben auf ihrer Hallig verändert hatte.

»Früher war ja auch nich nur eitel Freude und Sonnenschein«, brummte einer. »Wat ham wir uns manches Mal beharkt. Aber wir konnten hinterher doch immer unser Bier zusammen trinken und Späße machen. Mit den Jungen geht das nich mehr.«

Lea stand in der Schlange vor dem gemauerten Tresen und fragte sich, ob und wie die Herren wohl über sie reden würden in ein, zwei Jahren. Ein Lächeln huschte über ihr Gesicht. Der Gedanke, in einigen Jahren zu der Gemeinschaft hier zu gehören, so oder so, war ein gutes Gefühl. Trotzdem fand sie es auch schade, dass es offensichtlich einen Graben zwischen den »Alten« und den »Jungen«, denen, die hier aufgewachsen waren, und denen, die vom Festland kamen, gab. Ganz kurz spürte sie den Impuls, sich umzudrehen und die Herren zu fragen, ob sie denn überhaupt mit den Neu-Hoogern ein Bier trinken und Späße machen wollten, ob sie es je versucht hatten, aber sie ließ es gut sein. Ihr fiel ein, was Thorben gesagt hatte. Fing sie etwa schon an, Dinge verändern zu wollen? Wenn sie sich einmischen wollte, bliebe ihr dafür noch genug Zeit, dachte sie.

»Ist die Currywurst schon fertig?«, fragte die Frau, die vor Lea an der Reihe war.

»Nee, nu guck doch, die is doch noch ganz blass. Willst die etwa roh essen?«, fragte der Wirt zurück.

»Nein, natürlich nicht. Dann komme ich später noch mal«, kündigte sie an.

»Nu komm aber blots nich jede Minute hier rin und nerv mich«, entgegnete der Wirt und griente sie dabei gewinnend an. »Ik segg Bescheid, wenn's so weit is.«

Lea bestellte zwei Milchkaffee, die der Wirt umgehend zubereitete und auf ein Tablett stellte.

»Warte, nich weglaufen!«, kommandierte er und warf aus beachtlichem Abstand je einen Keks auf die Untertassen. Sie griff nach dem Tablett. »Halt! Is noch immer nich so weit!« Er packte noch Löffel und Zuckertütchen an ihren Platz. »So, nu kannst du«, ließ er sie wissen.

Sie balancierte ihre Fracht fröhlich nach draußen, saß eine Minute später schon wieder auf der Terrasse in der Sonne, schaufelte sich eine ordentliche Portion Milchschaum auf ihren Löffel und dekorierte ihn mit dem Keks.

»Jetzt erzähl endlich!«, forderte Thorben sie auf, der ihr amüsiert zugesehen hatte.

Lea lehnte sich zurück und räkelte sich ein wenig. »Tja, was soll ich sagen? Es war rundum klasse! Wir haben edel gespeist, endlose Strandspaziergänge unternommen, waren shoppen, im Konzert. Herz, was willst du mehr?«

Er kniff die Augen zusammen. »Moment, gestern Abend am

Telefon hast du aber noch ganz anders geklungen, oder habe ich da etwas falsch verstanden?«

»Telefon geht da übrigens immer. Und eine Taschenlampe braucht man auch nicht. Nie, egal, zu welcher Jahres- oder Tageszeit«, ergänzte sie ungerührt.

»Schön.«

»Ja, finde ich auch. Eine wirklich tolle Insel.« Sie machte eine lange Wirkungspause. »Für den Urlaub oder einen kleinen Ausflug zwischendurch.«

»Dann habe ich dich doch richtig verstanden?« Seine braunen Augen glänzten.

Lea nickte. Tränen stiegen ihr in die Augen, so freute sie sich. »Wir haben beide gemerkt, wie sehr uns die Menschen von Hooge gefehlt haben. Weißt du, es hat was, wenn jeder weiß, um wie viel Uhr du aufstehst oder ins Bett gehst, wie viel Flaschen Wein du letzten Monat beim Kaufmann geholt hast.« Sie lachte. »Doch, ehrlich, das gehört eben dazu zu dieser ganz speziellen Geborgenheit in dieser eingeschworenen Zwangsgemeinschaft. Ich will das nicht mehr missen. Und Christoph, Gott sei Dank, auch nicht! Wenn ich mit der alten Martje bei Teepunsch und Friesenwaffel in der Döns hocken und klönen oder in ihrem Archiv stöbern kann, verzichte ich herzlich gern auf jedes Nobelrestaurant. Oder Sönke zuhören, wenn er Geschichten von früher erzählt, als es weder fließend Wasser noch Strom gab, das ist kostbarer als das tollste kulturelle Highlight auf Sylt oder sonst wo auf der Welt.«

»Na dann, willkommen im Club!«

»Danke!« Sie musste schon wieder schlucken, so sehr hatten ihre Emotionen sie im Griff.

»Du musst mir etwas versprechen«, sagte er und sah sie eindringlich an. »Wenn das böse schwarze Loch kommt, in das jeder früher oder später stürzt, oder wenn du deinen ersten Hallig-Koller kriegst, dann kommst du zu mir, okay?« Sie holte Luft, um zu antworten, doch er ließ sie nicht zu Wort kommen. »Du kriegst den Koller, glaub mir.«

»Okay, ich glaube dir ja. Und: Ja, ich verspreche es. Wenn's mich erwischt, werde ich mich bei dir ausheulen.«

Auf dem Rückweg beobachtete sie Hein, der mit Wat-Hose und grüner Wollmütze mit aufgerolltem Rand auf seinem alten Moped immer wieder eine drollige Figur machte. Hupend kam er die Straße herunter. Ein älteres Paar, das vor ihm ging, drehte sich um. Man konnte sehen, wie irritiert sie waren. Schließlich waren sie ihm doch nicht im Weg. Was konnte er von ihnen wollen? Lea schmunzelte. Sie sah, wie die Rinder, Pensionsvieh, das vom Festland über den Sommer hergebracht worden war, zur Futterstelle trabten. Sie kannten das Signal und wussten genau, was das Hupen zu bedeuten hatte.

Christoph erwartete sie schon auf Ockenswarft. Er hockte auf dem Mäuerchen bei dem Fething. Als Lea durch die hölzerne Schiebetür trat, die die Warftmitte im Notfall vor auflaufendem Wasser schützen sollte, sprang er hinunter und kam ihr entgegen.

»Es wird ernst. Diedrichsen hat eine Wohnung frei. Die können wir uns gleich angucken.« Er fuhr sich durch die blonden Haare. Zum ersten Mal hatte sie das Gefühl, seine Souveränität bekam Risse. »Wollen wir?«

»Natürlich wollen wir. Oder bekommst du jetzt kalte Füße?«

Er atmete tief durch. »Höchstens ein bisschen«, gestand er mit gekräuselter Nase. »Nein, es ist schon alles gut so. Aber ich möchte noch ein paar Dinge mit dir besprechen, die mir sehr wichtig sind.«

»Das wäre?«

»Später. Erst geht es zur Wohnungsbesichtigung.«

Das Haus lag am östlichen Rand der Ockenswarft mit Blick auf Landsende, die Wohnung im ersten Stock, so dass sie vom Wohnzimmer tatsächlich eine herrliche Sicht auf das Meer, den Leuchtturm und die Turmruine von Pellworm hatten. Weniger beeindruckend war der Zustand der drei Zimmer.

»Die müssten wir komplett renovieren«, flüsterte sie.

»Sag nicht, du hast zwei linke Hände.«

»Das nicht, aber das ist eine Menge Arbeit. Die Bodenbeläge müssen raus, alle Räume müssen tapeziert oder wenigstens gestrichen werden. Und wenn ich mir die Schrägen so ansehe … meinen Kleiderschrank kriegen wir hier nirgends unter.«

»Vielleicht könnte man einen selber bauen, der direkt in die Schräge eingepasst wird.« Er legte den Kopf schief, als würde er bereits Maß nehmen. »Es ist viel Arbeit, keine Frage. Aber die Wohnung ist groß, der Blick ein Traum. Und den Schuppen könnte ich als Werkstatt auch gleich anmieten. Ideal, finde ich. Was meinst du?«

»Na ja, wenn wir ein bisschen Hilfe bekommen, ist das bestimmt zu schaffen. Viel Aufwand, der sich aber lohnt, schätze ich.«

»Das ist jetzt schneller gegangen, als ich erwartet hätte. Wir hatten aber auch ein Glück, dass Diedrichsen uns am Anleger gleich angeschnackt hat.« Hand in Hand spazierten sie um Hanswarft herum und dann zur Backenswarft. Lea wollte abbiegen und die große Terrasse des *Friesenpesel* ansteuern.

»Hier geht's lang«, kommandierte Christoph jedoch und ging einfach weiter.

»Ich dachte, wir suchen uns ein schönes Plätzchen in der Sonne und genehmigen uns ein Stück Torte.«

»Machen wir auch. Aber nicht hier. Nichts gegen die Torte, aber da sind einfach zu viele Leute. Guck, da kommt schon wieder eine Kutsche.« Er führte sie zum Café *Blauer Pesel*, wo sie noch nie gewesen war. Im März hatte es nicht jeden Tag geöffnet gehabt, und irgendwie hatte sich ein Besuch seitdem noch nicht ergeben. Sie fanden einen Platz auf einer der Bänke, die an der Wand des Friesenhauses standen, das sein Reetdach tief über die roten Backsteinmauern gezogen hatte. Der Wind, der ihnen eben noch angenehme Kühlung verschafft hatte, war hier wie abgestellt. Vollkommen geschützt saßen sie in dem kleinen Garten, der in einer Senke lag. Nicht mehr lange, dann würde er prächtig bunt blühen.

»Puh, ganz schön warm.«

»Wir können auch an einen der Tische mit Sonnenschirm wechseln, wenn du willst.«

»Nein, es ist schön. Ich habe nur nicht erwartet, dass es so heiß ist.«

»Mein Geheimtipp«, raunte er ihr verschwörerisch zu. »Gerade im Frühjahr oder nachher im Herbst kannst du hier oft ohne Jacke sitzen, während du woanders vor Kälte zitterst. Außerdem sind wir hier ungestörter.«

Das war wirklich so. Der Kaffeegarten war nicht sehr groß, so dass entsprechend wenige Menschen in leise Gespräche vertieft waren. Chefin Christa sah einmal zur Tür heraus, rief ein fröhliches »Moin!« und zog sich wieder zurück in ihre Küche, wo sie ihre berühmten Kuchen und Torten zauberte. Kellner

Fritz, ein Zugezogener von Föhr, nahm am Nebentisch gerade die Bestellung auf.

»Haben Sie auch Eisschokolade?«, wollte eine hagere Dame mit bläulich-silbrigem Haar wissen.

»Wenn's sein muss«, gab er schroff zurück.

Lea machte große Augen. Dann war der groß gewachsene Mann mit dem roten Haar und den unzähligen Sommersprossen auch schon bei ihnen.

»Bitte schön!«, sagte er in seinem etwas ungeduldigen Ton, Block und Stift im Anschlag.

»Ich brauche jetzt ein Stück von Christas Torte. Welche könntest du denn heute empfehlen, Fritz?« Christoph tauschte seine Lese- gegen die Sonnenbrille und sah ihn erwartungsvoll an.

»Wat weiß ich, worauf du Appetit hast«, raunzte der. »Kannst ja drinnen gucken, was es gibt.« Und mit der Andeutung eines Grinsens fügte er hinzu: »Is alles lecker!« Damit lief er auch schon hinein, um die Bestellung der Eisschokolade weiterzugeben.

Lea hatte ihm mit offenem Mund hinterhergeschaut.

»Das ist Fritz«, erklärte Christoph belustigt. »Spitzname: der Nordfiese!«

»Das passt. Freundlich geht irgendwie anders.« Sie schüttelte, noch immer fassungslos, den Kopf. »Dann lass uns mal schnell entscheiden, was wir haben wollen, sonst lässt der uns glatt am ausgestreckten Arm verhungern.« Sie ließ ihren Blick über die Tafeln wandern, auf denen die Gebäcksorten des Tages aufgeführt waren.

»Ach was, der ist schon in Ordnung. Raue Schale, weicher Kern, wie man so schön sagt.«

Der Nordfiese mit dem weichen Kern kam mit einem vollen Tablett wieder heraus und lud es bei einem Pärchen ab.

»Das passt ja gar nicht alles auf den Tisch«, scherzte der junge Mann.

»Is doch nich mein Problem«, kam es prompt von Fritz zurück. Als er einen entsetzten Blick erntete, ergänzte er versöhnlich: »Dat passt schon.« Er wusste anscheinend, wie viel raue Schale die Gäste vertragen konnten.

»Ich habe dich durchschaut«, flüsterte Lea Christoph zu. »Du willst gar nicht nach Hooge ziehen. Das war nur Tarnung. Und du hast mich hierhergeschleppt, damit ich meine Begeisterung für die Hooger ganz flott relativiere und mich doch noch für Sylt entscheide.«

»Fritz ist ja nicht von hier, sondern von Föhr.«

»Na dann …«

»Außerdem traue ich dir mehr Durchhaltevermögen zu. Und Fritz ist wirklich in Ordnung. Der kann richtig witzig sein. Wenn man ihn besser kennt.«

»Das scheint mir aber ein sehr eigener Humor zu sein.«

»Stimmt!«

Der Sauerkirsch-Mohn-Kuchen und der Kaffee wurden serviert.

»Danke schön!«, sagte Lea und lächelte ihn an.

»Jo!«, antwortete Fritz.

»Also, was denkst du über die Wohnung?«, wollte Christoph wissen. »Sie steht leer. Wir könnten im Prinzip sofort mit der Renovierung anfangen.«

»Hm.« Sie nickte. »Der Balkon ist riesig. Wir brauchen unbedingt einen Strandkorb dafür. Stell dir das vor, wir sitzen in unserem Strandkorb, die Füße hochgelegt, und gucken aufs

Meer. Ich kann's gar nicht abwarten.« Schon wieder drohte die Vorfreude, die Oberhand zu gewinnen. Sie musste sich konzentrieren, um sachlich zu bleiben. »Ich werde für meine Wohnung bestimmt schnell einen Nachmieter finden. Das heißt, ich bräuchte die Kündigungsfrist wahrscheinlich nicht einhalten.« Sie planten, machten sich Notizen, überlegten, wie der Umzug am besten abzuwickeln sei, was sie für die gemeinsame Wohnung anschaffen mussten.

»Das Bett nehmen wir von mir«, stellte Christoph sehr bestimmt fest.

»Unbedingt. Das hat sich schließlich bestens bewährt.« Lea grinste.

Je mehr sie redeten, desto klarer drang es in ihr Bewusstsein, wie viel noch zu organisieren und zu erledigen war, bevor sie sich endlich auf der Hallig niederlassen und in einem Strandkorb faulenzen konnten. Lea würde schon bald wieder abreisen müssen, um alles in die Wege zu leiten. Vor allem musste sie auf dem Festland weiter nach der Herkunft der Jesus-Figur forschen. Diese Geschichte war ihre Chance, um als freie Autorin ihren ersten Auftrag an Land zu ziehen. Die beiden Verlage, für die sie bisher tätig war, kamen für eine Veröffentlichung nicht in Frage. Aber sie musste ohnehin neue Kunden finden. Ihr Entschluss stand fest: keine Abhängigkeit mehr, kein Erledigen von Aufträgen, die sie nicht wirklich reizten, kein Antanzen mehr bei den Redakteuren, weil die ihre Autoren gern persönlich sahen, statt alles telefonisch oder per Mail zu klären.

»Puh«, schnaufte sie. Die Sonne verschwand hinter dem Haus, und sie schlüpfte in ihre Jacke. »Da kommt noch einiges auf uns zu.«

»Das findet sich schon alles. Weißt du, was viel wichtiger ist?«

»Dass wir regelmäßig hierherkommen und diesen grandiosen Kuchen essen. Der war unglaublich!«

»Könntest du bitte mal ernst sein?«

»Ungern. Also gut, dass wir beide genug Arbeit haben, um uns das Leben hier überhaupt leisten zu können, das ist wichtig, oder?«

»Auch. Aber noch wichtiger finde ich, dass wir ein paar Regeln für uns aufstellen.«

Sie stutzte. »Okay, ich übernehme freiwillig das Fensterputzen und Wäschewaschen«, probierte sie es erneut mit einem Scherz.

»Das meine ich nicht. Ich möchte, dass wir uns etwas versprechen. Wenn wir Lust auf Kultur haben, geht's aufs Festland oder auf die Insel. Geld, Aufwand und die Umstände, die das alles macht, zählen nicht, einverstanden? Wenn wir Lust haben, wenn ich Conny und Thomas sehen will, fahren wir.«

»Von mir aus.« Sie zuckte mit den Schultern.

»Ich meine es ernst, das ist wirklich wichtig! Wir halten sonst nicht durch. Ich will meine Freunde auf Sylt besuchen, schon bevor mir die Decke auf den Kopf fällt, bevor ich den gefürchteten Hallig-Koller kriege. Es ist entscheidend, dass wir etwas unternehmen, von Hooge verschwinden, wenn wir merken, dass wir reizbarer werden oder ungerecht. Wir müssen gegensteuern, bevor uns die volle Breitseite erwischt.« Dann ergänzte Christoph: »Und ich will ein Motorboot kaufen.«

»Wozu das?«

»Das macht uns unabhängiger. Wir können einfach mal zwischendurch ans Festland fahren, ohne uns nach der Fähre oder dem Schiff zu richten. Nur der Tide müssen wir uns anpassen. Das gibt uns eine große Portion Freiheit.«

Darüber hatte Lea noch gar nicht nachgedacht, aber seine Argumentation war bestechend. Sie gaben sich die Hand darauf.

Ein Schwarm Knutts bildete eine Formation über Backenswarft, als sie sich auf den Heimweg machten. Die kleinen Vögel mit den kurzen geraden Schnäbeln ballten sich zu einer dunklen Masse zusammen, die an eine Schlechtwetterwolke erinnerte. Im nächsten Moment ließen sie sich auseinanderfallen und bildeten einen breiten Teppich, gleich darauf eine Welle mit einem Tal und zwei Erhebungen, bevor sie über die Fennen Richtung Nordsee verschwanden.

Zwei Tage blieben Lea, bevor sie Hooge erneut vorübergehend verlassen musste. Jeder sprach sie an, fragte, wo sie wohnen, wovon sie leben würde. Sie spürte deutlich die Skepsis, die ihr noch immer entgegenschlug, hatte aber beschlossen, sich davon nicht einschüchtern zu lassen. Bei vielen meinte sie auch Freude zu erkennen, und die meisten sagten früher oder später: »Wenn du Hilfe brauchst, sag Bescheid!« Hooge jedenfalls zeigte sich von seiner besten Seite. Die Sonne am knallblauen Himmel sorgte dafür, dass Knospen geradezu explodierten. Ein frischer Wind verhinderte, dass es stickig oder zu heiß wurde.

Am letzten Abend vor ihrem erneuten Aufbruch rief sie ihre beste Freundin an, um ihr endlich die guten Neuigkeiten zu erzählen. Als sie damals ihre Diagnose bekommen hatte, war Peggy es, die sofort von Köln nach Dortmund gefahren war. Mindestens dreimal pro Woche war sie zu Besuch gekommen. Telefoniert hatten sie täglich, jedenfalls in der schlimmsten

Zeit. Lea hatte schon ein schrecklich schlechtes Gewissen, dass sie Peggy nicht längst auf den Stand der Dinge gebracht hatte.

»Lea, hey, wie geht's? Mann, ich wollte schon eine Vermisstenanzeige aufgeben. Andauernd habe ich versucht, dich zu erreichen. Habe sogar schon vor deiner Tür gestanden. Du musst doch schon lange wieder von deinem Haus-gegen-Koje-Experiment zurück sein, oder?«, sprudelte sie los.

»Es heißt Hand gegen Koje! Haus gegen Koje, wie soll das denn einen Sinn ergeben?«

»Mir doch egal. Wo steckst du denn? Geht es dir gut?«

»Es könnte mir nicht besser gehen. Ich habe mich doppelt verliebt!«

»Ach, du Schande!«

»Nix da, Schande. Toll ist das! Ich habe mich in Christoph verliebt, einen Orgelbauer aus Sylt, und in Hooge.«

»Das ist die Insel, nehme ich an?«

»Hallig, Hooge ist eine Hallig.«

»Auch gut. Wenn ich auch nicht weiß, wo da der Unterschied ist. Aber jetzt erzähl mal von dem Orgelbauer. Der interessiert mich viel mehr.«

Lea erzählte, wie gut sie sich von Anfang an verstanden hatten, wie sensibel er war, ohne sie zu behandeln wie ein rohes Ei. Sie erzählte von den wundervollen Tagen auf Sylt, beschrieb aber auch, was Hooge in ihren Augen so besonders und so liebenswert machte. »Du musst mich unbedingt mal besuchen!«

»Wie, besuchen? Ich denke, du bist längst zurück.«

»Das war ich auch. Aber wir wollten uns ganz schnell wiedersehen und haben uns verabredet.«

»Wieder auf der Insel?«

»Hallig.«

»Ja doch, von mir aus auch Hallig. Also was nun?«

Und dann erzählte Lea davon, dass Christoph mit ihr zusammenleben wollte, dass er ihr deswegen Sylt gezeigt, beide dann jedoch beschlossen hatten, dass Hooge der richtige Ort für sie war, um sich niederzulassen.

»Das ist nicht dein Ernst! Warum denn nicht Sylt? Er hat eine Wohnung in Keitum, und ihr zieht auf diese winzige Insel, äh, Hallig?« Nachdem Lea ihr von Martje, von Gabi, Hauke, Frerk, Lutz und all den anderen erzählt hatte, die ihr so ans Herz gewachsen waren, meinte Peggy: »Na, du hast dir das anscheinend gut überlegt. Kannst sicher sein, dass ich dich besuchen komme. Wenn du weißt, wann dein Umzug ist, sag mir rechtzeitig Bescheid. Vielleicht kann ich ein paar Tage Urlaub nehmen und dir helfen.«

»Das wäre super!«

Nach einer kurzen Pause setzte sie hinzu: »Ach, Mensch, Lea, du wirst mir fehlen. Was ist mit unseren wöchentlichen Sauna-Besuchen? Ich dachte, wir fangen bald wieder damit an. Du wolltest es wenigstens probieren. Schon vergessen? Die Nordsee ist so weit weg.« Ein Seufzer kam durch die Leitung. »Na ja, wer weiß, vielleicht ist die Luft da oben ganz gut für dich. Dieses Reizklima soll ja alle möglichen Beschwerden lindern. Wie sieht's überhaupt mit der ärztlichen Versorgung aus?«

Lea war einer Antwort aus dem Weg gegangen. Sie hatte den Medizinmann erwähnt und dann ihrer Freundin und vor allem sich selbst eingeredet, sie würde schon zurechtkommen. Die Hooger kämen schließlich auch klar, und das seit Generationen. Doch trotz allem guten Zureden bekam sie den Gedanken an diesem Abend nicht mehr aus ihrem Kopf und schlief mit einem beklommenen Gefühl ein.

VII

In Dortmund waren die Reaktionen auf ihre Entscheidung wenig abwechslungsreich. Sie reichten gerade mal von komplettem Unverständnis bis zu Missbilligung.

Eine Nachbarin ließ sich sogar zu einer Wette hinreißen. »Ich setze Haus und Hof, dass du in spätestens einem Jahr wieder hier bist. Das hält doch keiner aus. Ständig der Sturm, ein paar Mal im Jahr alles unter Wasser, ansonsten aber nichts los. Dafür muss man schon geboren sein.«

Lea war es herzlich gleichgültig. Wenn Peggy ihren Schritt auch nicht nachvollziehen konnte, freute sie sich doch für sie. Ihr Vater war auch nicht gerade euphorisch, fand es aber schön, dass seine Tochter dann wieder im Norden wohnen und man sich häufiger sehen würde. So in etwa äußerten sich auch ihre Freunde aus Bremerhaven. Alles in allem waren die meisten, die ihr etwas bedeuteten, eher neugierig-interessiert als ablehnend und machten ihr Mut. Die Aussicht auf ihren Neustart, auf das Leben mit Christoph beflügelte sie und schenkte ihr eine kaum gekannte Energie. Von früh bis spät mistete sie die Wohnung aus, bot Möbelstücke zum Verkauf an, gab Inserate auf, um einen Nachmieter zu finden, der ihr vorzeitiger Weg aus dem Mietvertrag sein würde. Zwischendurch kümmerte sie sich um die geheimnisvolle Jesus-Figur, die im ersten Quartal des neunzehnten Jahrhunderts nach der Sturmflut in der kleinen Hallig-Kirche ein Zuhause gefunden hatte. Bisher wusste sie nur, dass sie aller Wahrscheinlichkeit nach Anfang des siebzehnten Jahrhunderts entstanden sein musste. Lea hockte auf dem Fußboden ihres Arbeitszimmers, Bücher und Kopien um sich ausgebreitet. Sehr viel sprach dafür, dass der Gestrandete, wie der Hallig-Pastor die Skulptur einmal genannt hatte, schon der verheerenden Sturmflut von 1634 zum Opfer gefallen war. Sie vermutete, dass er in einer der achtzehn Kirchen am Kreuz gehangen hatte, die damals untergegangen waren. Dass die Figur seither in der Nordsee getrieben haben könnte, war kaum anzunehmen. Dann hätte sie noch schwerere Schäden davongetragen. Die Mineralien, die im Holz nachzuweisen waren, deuteten jedoch darauf hin, dass sie ordentlich herumgekommen war. Sie schloss daher darauf, die Bewohner einer anderen Hallig oder Insel hatten den Gestrandeten im Watt aufgelesen, wie die Frauen von Hooge das Gestühl und die Kanzel der untergegangenen Osterwohlder Kirche, und in ihr eigenes Gotteshaus gebracht. Allein der Gedanke, dass es achtzehn Kirchen getroffen hatte, dass sie restlos zerstört worden waren, ließ doch vermuten, dass auch deren Inventar den Weg ins Meer und ins Watt gefunden hatte. Es gab keinen vernünftigen Grund, warum die Menschen es einfach hätten ignorieren sollen. Bei der Sturmflut im Jahr 1825 musste der Jesus erneut von den gewaltigen Wogen fortgerissen und schließlich vor Hooge angetrieben worden sein. Das würde einen Sinn ergeben.

Einige Schriften legte Lea gleich beiseite, denn darin wurde behauptet, in der St. Johannis-Kirche hinge ein Kruzifix aus dem beginnenden sechzehnten Jahrhundert, das vermutlich aus Spanien stamme. Es wurde höchste Zeit, dass die Wahrheit ans Licht kam. Sie machte sich einen Tee und griff sich dann ein Buch über die Werkstatt des Flensburger Meisters Ringeling. Von dort stammte die Hooger Kanzel, das wusste sie. Der dicke Band war gerade erst erschienen, und sie hatte ihn sich an diesem Morgen aus der Bibliothek besorgt. Zunächst blätterte sie ihn nur grob durch. Dann begann sie, darin zu lesen. Mit einem Mal stutzte sie. Da war von einem Ocke die Rede, Schüler des Meisters Ringeling. Zu seiner Zeit sei er von den Leuten ausgelacht und beschimpft worden, weil alle seine Skulpturen die gleichen Gesichter gehabt hätten. Allein der Meister selbst glaubte an seinen Schützling, erkannte und förderte dessen großes Talent. Bedauerlicherweise, las sie weiter, sei nichts von ihm erhalten, außer einer Galionsfigur, die im Flensburger Schifffahrtsmuseum zu bewundern sei. Sie beugte sich tief über die kleine Abbildung und kniff die Augen zusammen.

»Das gibt's doch nicht«, murmelte sie, stand auf, das offene Buch noch immer in einer Hand. Sie musste kurz mit dem freien Arm rudern, weil sie fast die Balance verloren hätte. Dann legte sie den schweren Wälzer ab, schüttelte die von dem Gewicht schmerzende Hand, während sie zu ihrer Kommode lief, in der sie ein Vergrößerungsglas mit integrierter Beleuchtung aufbewahrte. Damit betrachtete sie die Abbildung nun ganz genau. Kein Zweifel, die Galionsfigur hatte die gleichen Gesichtszüge wie der Christus auf Hooge. Ebenso schlicht und gleichzeitig ausdrucksvoll.

»Mein lieber Ocke«, murmelte sie, »ich bin dir auf den Fersen.«

Der Tag des Umzugs, der erste Samstag im Mai, war gekommen. Lea staunte, wie reduziert ihr Haushalt war, nachdem sie viel verschenkt und verkauft hatte und einiges auch auf dem Müll gelandet war. Sie hatte zwei Halbwüchsigen aus der Nachbarschaft ein paar Scheine dafür in die Hand gedrückt, dass sie ihr die wenigen Möbel und die Kartons in den Wagen geladen hatten. Noch ein letzter Blick in den Laderaum. Ja, es sah gut aus. Die Jungs hatten gut gepackt und gestapelt und alles mehr als gründlich festgezurrt. Selbst ein Houdini hätte seine Schwierigkeiten gehabt, sich aus diesen Fesseln zu befreien. Dann würde ihrem Hab und Gut das wohl auch nicht gelingen. Sie schlug die Türen zu. Ein viel zu lautes Geräusch an diesem frühen Morgen, fand sie. Eigentlich war es noch gar nicht Morgen, sondern eher noch Nacht. Halb vier. Sie seufzte. Nicht gerade ihre Lieblingszeit, um bereits hier draußen zu stehen. Sie sah die lange triste Straße hinunter. Die Leute schliefen noch, träumten vielleicht von schöneren Landschaften, in denen es mehr gab als graue Häuser, bröckelnde Gehwege und stinkende rußige Industriegebäude. Sie kletterte auf den Fahrersitz und zog die Tür zu. Natürlich hatte Dortmund auch Parks und Bäume, aber nachdem sie diesen kleinen grünen Flecken Land in der Nordsee kennengelernt hatte, war sie für den Rest der Welt, zumindest für jede Großstadt einfach verdorben. Ihr Herz machte wieder einen Freudenhüpfer. Jetzt aber los! Um zehn Uhr ging die Fähre. Sollte sie die verpassen, müsste sie bis halb sechs warten. Christoph, mit dem sie jeden Abend telefoniert hatte, hatte ihr von vornherein geraten, in aller Ruhe nach dem Frühstück zu starten.

»Dann bist du auch schon um halb sieben hier. Das reicht doch locker«, hatte er gesagt. Aber sie wollte nicht warten. Anstatt den Wagen abends auszuladen und die erste Nacht in einer vollgestopften Wohnung zu verbringen, wollte sie am Vormittag eintreffen und die neuen vier Wände im Laufe des Tages wenigstens schon ein wenig gemütlich machen. Klar, noch konnten die Möbel nicht an ihren Platz, weil die Renovierung erst richtig losgehen sollte, aber es war ihr einfach lieber so.

Zu gerne hätte sie auf dem Weg nach Schlüttsiel einen Abstecher in die Archive von Flensburg und Schleswig gemacht, um Einblick in die Kirchenbücher aus dem beginnenden siebzehnten Jahrhundert zu bekommen. Zumindest hätte sie prüfen können, ob aus dieser Zeit überhaupt etwas erhalten war. Aber sie tröstete sich damit, dass sie das genauso gut in Ruhe von Hooge aus tun konnte, wenn sie erst einmal ihre Wohnung bezogen hatte. Viele Kirchenbücher waren inzwischen ohnehin digitalisiert worden. Gut möglich, dass sie die Hallig gar nicht zu verlassen brauchte, sondern das Online-Angebot nutzen konnte.

Sie machte keine Pause, hielt nur einmal an, um sich ein Brötchen und einen Milchkaffee mit einem Schuss Espresso zu holen. Schon war sie wieder auf der Autobahn. Auf den letzten Kilometern musste sie Gas geben, dann erreichte sie den Anleger von Schlüttsiel, reihte sich direkt in die richtige Spur ein, sprang aus dem Wagen und lief eilig hinüber zu dem kleinen Container, in dem die Fahrkarten verkauft wurden.

»Einfache Fahrt«, sagte sie und freute sich wie ein kleines Kind.

An Bord traf sie Lutz, der auf dem Kontinent Freunde besucht hatte, wie er erklärte.

»Dascha nu echt 'n Ding! Also, nicht, dass du und Frank … Jörg … Jens …« Seine Stirn legte sich immer mehr in Falten, während er sich konzentrierte. »Christoph!«, rief er im nächsten Moment und strahlte stolz. »Also, dass du und Christoph, dass ihr ein Paar werdet, das war ja wohl gleich klar wie Köm. Aber dass ihr euch echt entscheidet, nach Hooge zu ziehen, hätte ich nicht gedacht.«

Lea war noch ganz benommen von der langen Fahrt, von dem unentwegten Starren auf das graue Asphaltband, das stundenlang zwischen den Reifen des Transporters verschwunden war. Und sie war benommen von dem Sprung von einer Welt in die andere. Hooge und seine Menschen waren eine andere Welt, die ihr beinahe unwirklich erschien, sobald sie wieder in Dortmund war. Selbst auf Sylt war es ihr so ergangen.

»Was glaubst du, werden sie uns akzeptieren?«, fragte sie ihn.

Lutz war ein extrovertierter Typ, einer, der immer eine Rolle spielte, lustig, ein blendender Unterhalter. So jedenfalls hatte sie ihn bisher erlebt. Was er hinter der Fassade verbarg, konnte sie nicht einschätzen. Aber so war es wohl mit vielen Menschen. Lea machte sich kaum Hoffnung, dass er ehrlich antworten würde. Vermutlich würde er einfach nur nett sein, dachte sie. Zu ihrem Erstaunen ließ er sich Zeit.

Dann nickte er langsam und sah sie nachdenklich an. »Es wird nicht leicht werden. Ich meine, ihr seid zwei Intellektuelle … Dass ihr auch anders könnt, auch bodenständig seid, das müsst ihr erst mal beweisen.« Nach einer Pause fügte er hinzu: »Wenn niemand was sagt, also, dass er sich über euch freut oder so, dann musst du dir aber keine Gedanken machen. Das ist ganz normal. Schweigen ist das Lob des Friesen.« Da war es wieder, das schelmische Grinsen. Und dann sagte er ernst: »Nicht aufgeben, hörst du? Wenn dir die Decke auf den Kopf fällt, kommst du einfach zu mir.« Das klang nun doch sehr ehrlich.

»Danke!«

Lea musste vorsichtig fahren, denn mit ihr waren jede Menge Tagesgäste eingetroffen, die das herrliche Wetter für einen Besuch nutzten. Sie liefen mitten auf der Straße, als gäbe es hier weder Autos noch Pferdegespanne oder Verkehrsregeln. Als sie an Hanswarft vorbei war, nahm die Zahl der Fußgänger und Radfahrer deutlich ab. Sie lenkte den Wagen um Ockenswarft herum und die Auffahrt hinauf. Christoph trat gerade aus der offenen Haustür. Wahrscheinlich hatte er mit dem Kieker schon Ausschau nach ihr gehalten. Hinter ihm kamen Postbote Horst und der Pastor zum Vorschein, beide mit Arbeitshandschuhen ausgerüstet. Christoph nahm Lea in den Arm, drückte sie so sehr, dass sie keine Luft mehr bekam, und hob sie hoch.

»Dann kann es ja losgehen«, verkündete Horst fröhlich und klatschte in die Hände, was ein dumpfes Geräusch verursachte.

»Willkommen auf Hooge!«, begrüßte sie der Pastor.

»Danke!« Sie war froh, als sie wieder Boden unter den Füßen hatte und sich aus der Umarmung lösen konnte. Peinlich, die beiden Männer waren voller Tatendrang, und sie turtelten, statt in die Hände zu spucken.

Es dauerte nicht lange, dann war der Wagen ausgeladen. Der Pastor verabschiedete sich.

»Ich habe noch zu tun«, entschuldigte er sich und bekam dabei einen ganz merkwürdigen Gesichtsausdruck, wie Lea meinte. »Aber morgen nach dem Gottesdienst schaue ich noch mal vorbei.«

Horst schloss sich an. »Ich habe Magda versprochen, dass ich zum Mittag komme. Um zwei bin ich wieder da. Dann schleife ich schon mal die Küchenfronten ab. Passt euch das?«

»Klar, danke, Horst!« Christoph klopfte ihm auf die Schulter.

»Also, bis später.« Er drehte sich um und lief die ersten Stufen herunter. Dann blieb er stehen und kam noch einmal zurück. »Übrigens, als Antje hier noch mit ihrem Sohn gewohnt hat, da habe ich ihr die Post immer oben auf die Treppe gelegt. Soll ich das bei euch auch so machen, oder schafft ihr euch einen Briefkasten an?«

»Darüber haben wir uns noch keine Gedanken gemacht.«

»Ich denke, für den Anfang ist die Treppe okay«, entschied Lea.

»Is in Ordnung. Erstmol.« Schon war er weg.

»Schön, dass du wieder da bist. Ich habe dich vermisst.« Christoph zog sie in seine Arme und drückte sie wieder ganz fest an sich.

»Ich bin auch froh«, erwiderte sie und seufzte. Jetzt konnte er sich mit der Umarmung Zeit lassen, fand sie.

»Du bist bestimmt total kaputt. Möchtest du dich hinlegen, bevor nachher der Handwerkertrupp anrückt? Das Schlafzimmer ist fast fertig. Nur der Schrank fehlt noch. Den bauen Thorben und ich an diesem Wochenende«, verkündete er. »Komm, ich zeig es dir!« Er nahm ihre Hand.

Da waren Schritte zu hören. Jemand kam die Treppe herauf. Gleich darauf klopfte es. Finn und Max standen vor der Tür, die beiden Jungs, die Hooge nach den Sommerferien verlassen würden, um auf dem Festland zur Schule zu gehen. Dort würden sie, wie so viele Männer von Hooge, vermutlich ihre ersten Freundinnen finden und bei ihnen bleiben oder irgendwann mit ihnen oder denen, die danach kämen, zurückkehren. Sie entfalteten ein wenig umständlich einen Zettel, von dem sie gemeinsam ablasen:

»Die Flut wird meine Fußstapfen auslöschen, und der Wind den Schaum fortblasen. Aber das Meer und der Strand werden übrig bleiben. Ewig.« Sie machten eine kurze Pause, wohl, weil man ihnen gesagt hatte, dass an diese Stelle eine Pause gehörte. Dann ging es weiter: »Am 29. April ist Martje Bandixen, geborene Malchau, im Alter von achtzig Jahren plötzlich und unerwartet entschlafen.«

Lea starrte die beiden Jungen an, die unbeirrt ohne jegliches Gefühl und ohne Betonung ihren Text zu Ende lasen.

»Die Beisetzung findet am sechsten Mai um elf Uhr auf dem Friedhof der St. Johannis-Kirche auf Hallig Hooge statt.« Sie hatten ihre Pflicht getan und blieben erwartungsvoll stehen. Christoph drückte jedem von ihnen eine Münze in die Hand.

»Danke schön!«, riefen sie munter wie mit einer Stimme und sausten auch schon die Treppe herunter.

Er schloss die Tür, nahm Lea in den Arm und ging langsam mit ihr durch das Wohnzimmer, in dem sich Kartons türmten und ein Tapeziertisch Mittagspause hatte. Sie traten auf den Balkon.

»Ich wollte es dir sagen. Aber nicht am Telefon und auch nicht gleich zur Begrüßung.«

Ihr Blick wanderte aufs glitzernde Meer. »Ich bin so traurig«, sagte sie leise.

»Ja, ich weiß. Obwohl damit zu rechnen war, sind wir alle traurig. Sie war ein Original.« Ein Lächeln huschte über seine Lippen.

»Das war sie. Und ein warmherziger liebenswerter Mensch noch dazu. Ich wünschte, ich hätte sie noch einmal besucht, bevor ich nach Dortmund gefahren bin.« Ihre Stimme begann zu brechen. »Sie wird mir fehlen.«

»Ich hätte es dir gern schonend beigebracht. Ich hätte am liebsten eine bessere Nachricht für deinen Empfang gehabt. Aber sieh mal, für Martje ist es besser so. Es hätten noch ein paar Jahre mehr sein dürfen als achtzig, aber entscheidend ist doch nicht die Anzahl, sondern die Qualität. Sie hat ihr Leben genau so verbringen dürfen, wie sie es wollte. Das ist ein großes Geschenk.«

Lea schluckte einen dicken Kloß herunter, der sich in ihrem Hals gebildet hatte. »Ist sie in ihrer Döns gestorben, in ihrem Sessel?« Er nickte. »Einfach indusselt und nich mehr wach worden«, sagte sie leise zu sich selbst. »Dann ist es gut. Sie hat nirgends anders sterben wollen, und sie wusste, dass es nicht mehr lange dauert. Hoffentlich hat sie noch den Kirschlikör getrunken.« Landsende verschwamm vor ihrem Blick.

Pünktlich um zwei Uhr stand Postbote Horst wieder auf der Matte. Gleich nach ihm kam Thorben. Horst warf seine Schleifmaschine an und erzählte trotz des Lärms unverdrossen davon, wie überfordert die Post mit der Situation auf einer Hallig war.

»Jetzt haben die sich wieder was Neues einfallen lassen«, rief er gegen das kratzende Getöse aus. »Nu muss ich die Kästen während des Austragens leeren. Post verteilen und aus den Kästen nehmen in einem Rutsch, damit ich bloß keine Stunde länger arbeite. Das kostet ja bloß!«

»Ist doch ganz vernünftig, oder nicht?«, gab Lea zögernd zurück. Sie merkte, wie die Müdigkeit sie zu lähmen begann. Die vielen Menschen, der Krach, das alles wurde ihr zu viel. Sie wollte allein sein, allein mit Christoph und allein mit ihrer Trauer um Martje.

»Siehst du, das denken die natürlich auch«, dröhnte Horst. »Bloß habe ich bisher immer erst die Kästen geleert, bin dann zur Fähre, habe die Post abgegeben, die neue angenommen und verteilt. Das hat vielleicht 'n büschen länger gedauert, dafür ham die Lüüd ihre Post aber schneller gekriegt. Guck mal, wenn du heute was einschmeißt, ist das am nächsten Morgen weggegangen. Nu schmeißt du das heute ein, ich leer das aber erst am nächsten Tag aus, wenn die Fähre schon wech is. Also geht das erst am übernächsten Tag raus. Und im Winter, wenn die Fähre gar nich an jedem Tag fährt, dann is das noch belemmerter. Da kann das schon drei oder vier Tage dauern, bis deine Post da ankommt, wo sie hinsoll.«

Sie nickte. Thorben und Christoph hatten die Kreissäge vom Nachbarn in Betrieb. Ihr Kreischen bereitete ihr fast körperliche Schmerzen. Es kam ihr vor, als zersägten sie ihre Seele. Am liebsten wäre sie geflohen. Nein, ihren ersten Tag in der Wohnung, ihren ersten Tag als Neu-Hoogerin hatte sie sich anders vorgestellt. Natürlich war sie froh, dass die beiden eifrig an dem Kleiderschrank bauten. Morgen wollten sie ihn fertig haben, dann könnte sie die Kartons mit ihren Klamotten auspacken. Damit versuchte sie sich zu trösten, während sie die Küchenschränke, an denen Horst nicht mit der Schleifmaschine beschäftigt war, gründlich sauber schrubbte.

Mit einem Mal stand Birgit im Raum. Die zierliche Person führte einen kleinen Souvenirshop im Herzen von Hanswarft. Niemand hatte ihr Klopfen gehört. Kein Wunder bei dem Radau.

Ihr Auftritt hatte etwas von einem Tornado, der die Wohnung heimsuchte. »Hier ein kleines Geschenk zum Einzug«, brüllte sie und wedelte mit zwei Topflappen, auf denen ein Fischkutter und ein Leuchtturm zu sehen waren. Bevor Lea antworten konnte, redete sie weiter. »Ich wollte fragen, ob ich helfen kann. Harri hält im Laden gerade die Stellung. Da hätte ich ein bisschen Zeit.«

»Das ist total lieb.« Leas Stimme überschlug sich. Konnten die Männer ihre Höllenmaschinen denn nicht einmal für fünf Minuten ausschalten, damit man sich unterhalten konnte? Sie atmete tief durch und schloss die Augen. Reiß dich zusammen, ermahnte sie sich. Dann sagte sie: »Aber im Moment stehe ich Horst schon im Weg, und Thorben und Christoph lässt man am besten alleine, also …«

»Weißt was, dann habe ich eine Idee. Komm, ich entführe dich.« Während Birgit sprach, war sie ständig in Bewegung, als wollte sie gleich wieder los und hätte entgegen ihrer eigenen Aussage ganz und gar keine Zeit.

Nichts lieber als das, schoss es Lea durch den Kopf. Doch sie hätte ein schlechtes Gewissen, wenn sie sich vor der Arbeit drückte.

»Du brauchst doch bestimmt noch Kram für die Küche, Stoff für Vorhänge und Deko-Schnickschnack. Keine Sorge, ich will dir nix andrehen.« Sie lachte kehlig. »Ein paar von meinen Lieferanten haben ganz schöne Sachen im Angebot. Ich kann dir was bestellen, wenn du willst. Komm, ich zeige dir mal die Kataloge. Hier hält man es doch sowieso nicht aus.«

Im Auto sprudelte sie direkt wieder los: »Harri ist ganz froh, wenn er ein bisschen Ablenkung hat. Wegen Martje. Weißt du es überhaupt schon?«

»Ja, Max und Finn waren gerade da.«

»Ah, die Rumsager. Ich finde es schön, dass der Brauch noch gepflegt wird, obwohl das ja nicht mehr nötig ist, seit es Telefon gibt. Jedenfalls hat Harri lange neben ihr gewohnt, bis er auf den Kontinent rüber ist, um ins Gymnasium zu gehen. Martje war wie eine zweite Mutter. Der ist noch immer ganz hinüber.« Birgit seufzte einmal tief, und Lea war beruhigt, dass sie überhaupt Luft holte. »Ist immer blöd, wenn einer geht. Wir sind doch schon so wenige. Na ja, dafür seid ihr jetzt da. Ein Minus, zwei Plus. Besser als umgekehrt.« Wieder dieses kehlige Lachen.

Irgendwann am Nachmittag hatte Lea ihre Müdigkeit überwunden. Sie hatte tatsächlich Stoff ausgesucht, aus dem sie Kissen für die Küchenstühle und Vorhänge nähen wollte. Und sie hatte Pflanzkübel für den Balkon bestellt. Sie freute sich unbändig darauf, Kräuter zu säen, Tomaten und Paprika zu hegen und zu pflegen. Ein ganz neuer Zug an ihr. Aber erstens wollte sie nicht davon abhängig sein, was es gerade frisch in dem kleinen Lebensmittelmarkt gab, und zweitens war sie nicht der Typ, der ausschließlich im Strandkorb hockte und die Beine hochlegte. Da würde schon Christoph sitzen und lesen, dachte sie amüsiert. Sie malte sich schon alles ganz genau aus: Er würde lesen, sie gärtnern. Zwischendurch würden sie sich küssen.

Es klopfte. Da Kreissäge und Schleifmaschine Feierabend hatten, konnte man es dieses Mal sogar hören.

»Ich habe noch Licht gesehen und dachte mir, ein paar fleißige Handwerker können bestimmt eine Stärkung vertragen.« Alara stand mit einer rechteckigen Schale aus Edelstahl, zugedeckt mit zerknitterter Alufolie, vor der Tür. »Wir hatten heute die Presseveranstaltung zu den Ringelganstagen bei uns, und davon ist noch etwas übrig geblieben. Hunger?«

Zwar hatten sie sich mit Kuchen, Keksen und Brot über Wasser gehalten, trotzdem hatte keiner etwas gegen eine herzhafte warme Mahlzeit.

»Alara, du bist ein Schatz!« Thorben nahm ihr den Behälter ab, aus dem es so duftete, dass auch Lea das Wasser im Munde zusammenlief.

»Du auch, wenn du mit mir runterkommst und die Schüssel Kartoffelsalat selber hochträgst«, flötete sie. »Ich muss gleich wieder rüber. Bei uns sieht es aus wie nach einer Schlacht.« Sie rollte mit den Augen und machte sich auch schon auf den Weg.

»Danke!«, riefen Christoph und Lea ihr hinterher. Horst machte sich daran, Küchentisch und Stühle leer zu räumen, damit sie es sich dort bequem machen konnten.

»Von wegen, ich habe noch Licht gesehen.« Christoph holte Pappteller und Plastikbesteck hervor, eine Spende von dem Ehepaar, das das denkmalgeschützte Haus nebenan bewohnte. »Alara hat sich extra weggestohlen, um uns die Reste zu bringen.«

»Klar«, bestätigte Horst. »Das ist doch normal. Man hilft sich eben. So gehört sich das.« Thorben stellte den Kartoffelsalat zu dem Behälter mit Würstchen und Frikadellen und setzte sich zu ihnen.

»Hier vielleicht«, meinte Lea, während sie die Teller füllte. »Ich kenne das aber auch ganz anders. Ich habe zwei Jungs bezahlt, damit die meine Sachen in den Transporter laden. Und eine Bekannte von mir besticht ihre neue Nachbarschaft bei jedem Umzug mit Schampus, damit die mit anpacken. Das heißt aber noch lange nicht, dass die dann mehr machen als unbedingt nötig.« Lea sah von einem zum anderen und dachte plötzlich, dass sie jetzt um keinen Preis an einer mit Damasttuch und Kerzenhalter ausgestatteten Tafel vor einem Teller Steinköhler mit Kräuterkartoffeln sitzen wollte. So schön der Abend auf Sylt, so köstlich das Essen auch gewesen war. Hier war sie genau am richtigen Platz. Das spürte sie ganz deutlich.

Am nächsten Morgen ging es früh wieder los. Die Fenster waren weit geöffnet, mit den Sonnenstrahlen und der frischen Nordseeluft kam auch das Kreischen der Möwen herein. Darüber hinaus war es wohltuend still an diesem heiligen Sonntag. Horst lackierte, ab und zu pfeifend, die Küchenfronten, Christoph und Thorben schlugen höchstens mal mit dem Gummihammer auf ein Brett oder gegen eine Verstrebung. Sie hatten sich in die Köpfe gesetzt, den Schrank nur mit Holzdübeln zu bauen. Schrauben oder Nägel aus Metall waren verboten. Einzig bei den Scharnieren für die Türen machten sie eine Ausnahme.

Lea sorgte dafür, dass immer Kaffee und Tee bereitstanden. Ansonsten fühlte sie sich ein wenig überflüssig. Zu putzen gab es nichts mehr, Kisten auspacken konnte sie auch nicht. Schließlich setzte sie sich mit ihrem Laptop auf den Balkon und recherchierte in den Online-Kirchenbüchern auf den Spuren von Ringeling-Schüler Ocke. Gegen Mittag klappte sie ihren Rechner zu und wollte sich auf den Weg zum *Klabautermann* machen. Als sie die Bestellungen der Männer aufnahm, konnte sie einen schnellen Blick auf den Kleiderschrank werfen oder besser auf das, was schon stand. Er würde ein Schmuckstück werden.

»Na, gefällt er dir?« Thorben wischte sich den Schweiß von der Stirn.

»Er wird toll.« Sie zögerte. »Meint ihr wirklich, ihr werdet heute noch fertig?«

»So sind sie, die Frauen«, stöhnte er in gespielter Verzweiflung. »Den ganzen Tag schön auf dem Balkon in der Sonne sitzen, mal kurz auftauchen und uns gleich hetzen.«

Christoph nickte zu Thorbens Worten.

»Moment mal«, protestierte Lea, »ich habe immer wieder gefragt, ob ich helfen kann, aber ihr habt mich weggeschickt.«

»War doch nur ein Spaß.« Thorben zwinkerte ihr zu.

»Aber ganz im Ernst, da habt ihr noch eine Menge zu tun, oder?« Noch waren nicht alle Regalbretter an ihrem Platz. Die

Türen waren zwar vorbereitet, aber mussten auch noch angebaut werden. Und an vielen Ecken fehlten noch letzte Feinarbeiten.

»Wir schaffen das schon«, meinte Christoph zuversichtlich. »Falls wir nicht verhungern.«

»Ist ja gut, ich geh ja schon.«

»Nimm mein Auto, dann sind die Schnitzel noch heiß, wenn du hier ankommst«, bot Thorben an.

»Gute Idee. Wo ist der Schlüssel?«

»Steckt.«

Natürlich, auf Hooge schloss niemand sein Haus oder Auto ab. Außer vielleicht mal in der Hochsaison. Als sie aus der Wohnung schlüpfte, hörte sie Thorben sagen: »Das wird echt ganz schön eng mit der Zeit. Es wär aber blöd, wenn wir nicht fertig würden. Morgen muss ich den ganzen Tag arbeiten, und dann ist auch noch die Beerdigung.«

»Zur Not machen wir die Türen einen Tag später. Darauf kommt es doch nicht an«, warf Christoph ein.

»Sehn wir ja. Jetzt hauen wir erst mal die Hacken in'n Teer. Ich muss nachher einmal kurz die Kreissäge anschmeißen. Trotz Sonntagsruhe. Hoffentlich lynchen mich die Nachbarn nicht.«

Am *Klabautermann* herrschte Hochbetrieb. Hätte sie sich ja denken können! Nachdem Lea die Bestellung aufgegeben hatte, ging sie kurz rüber in den Souvenirshop. Sie wollte die Zeit wenigstens nutzen, um ein paar Meter Stoff mehr zu ordern. Vergangene Nacht im Bett war ihr nämlich eingefallen, wofür sie den noch verwenden konnte.

»Moin«, rief Birgit schon von weitem. Sie war auf halbem Weg in ihre »Katakomben«, wie sie den Kriechkeller unter ihrem Laden nannte. »Gut, dass du kommst. Harri hat was für dich.« Damit wandte sie sich ihrem Aushilfsverkäufer zu, einem sehr kräftigen Mann mit Glatze und einer Narbe auf der Stirn. »Harri, das ist Lea, die Kunsttante, der du das Heft von Martje geben sollst.« Das kehlige Lachen hallte von den Wänden des Kellergewölbes wider.

Lea war wie vom Donner gerührt. Ein Heft für sie von Martje? Sie war gleichermaßen gespannt wie gerührt.

»Moin«, sagte Harri scheu. Er machte den Eindruck, als könne er eine Frau wie Birgit oder Lea mit Leichtigkeit zwischen seinen Pranken zerquetschen. Doch er vermied es, jemandem direkt in die Augen zu sehen, und war schüchtern wie ein kleiner Junge, dem niemand je Selbstbewusstsein beigebracht hatte.

»Moin«, sagte sie. »Ich bin Lea.« Sie streckte ihm die Hand entgegen.

»Ich bin Harri.«

Weil das alles war, was er von sich gab, hakte sie nach: »Du hast etwas von Martje, das du mir geben sollst?« Im nächsten Augenblick schämte sie sich. »Entschuldige. Tut mir leid, das mit Martje. Ich habe sie nicht lange gekannt. Leider. Aber ich mochte sie sehr. Sie fehlt mir.«

»Mir auch.« Er ließ den kahlen Kopf hängen.

Birgit tauchte wieder auf und trug geringelte Kapuzenpullover in verschiedenen Größen zu einer Familie, die ihren Urlaub offenkundig im Partnerlook verbringen wollte.

»Und, hast du's ihr gegeben?«, rief sie über die Schulter.

»Nö, hab ich ja nich hier.«

Birgit drehte sich um. »Dann steh hier doch nicht rum, sondern hol es. Ich komme schon zurecht.« Sie rollte mit den Augen und wandte sich dann der Familie zu.

»Soll ich?«

Lea brannte darauf, einen Blick auf das geheimnisvolle Heft werfen zu dürfen, von dem die Rede war. Da fielen ihr die Schnitzel wieder ein. »Wohnst du denn hier auf Hanswarft? Ich frage nur, weil ich gleich das Essen im *Klabautermann* abholen muss.«

»Nö, ich wohne auf Westerwarft. Wie früher.«

»Oje, und du müsstest mit dem Rad fahren?«

»Nö, ich hasse Radfahren. Ich laufe immer zu Fuß.«

Na großartig. Dann würde er mindestens eine Dreiviertelstunde brauchen. Pro Strecke! Sie schlug ihm vor, die Bestellung im Bistro abzuholen, kurz mit ihm zur Westerwarft zu fahren und ihn schließlich wieder auf Hanswarft abzusetzen.

»Wenn es dir nichts ausmacht.« Sie schenkte ihm ein gewinnendes Lächeln, denn er wirkte alles andere als überzeugt. Und sie schämte sich schon wieder, weil sie ihn so drängte. Nur konnte sie ihre Neugier einfach nicht im Zaum halten.

»Das hat vielleicht gedauert!«, begrüßte Christoph sie. »Ich dachte schon, du hast das nächste Schiff genommen und dich aus dem Staub gemacht.«

»Nicht im Traum würde ich daran denken.« Lea gab ihm einen flüchtigen Kuss und packte dann das dampfende Fleisch und die Bratkartoffeln auf die Teller. »Meine Schuld«, sagte sie mit Blick auf die ein wenig dunkel geratenen Kartoffeln. »Ich wollte nur schnell bei Birgit vorbeischauen …«

»Wenn Frauen schon kurz in einen Laden gehen …«, lästerte Thorben und zwinkerte ihr wieder fröhlich zu.

Sie erzählte von der Begegnung mit Harri und davon, dass sie nun ein Heft besaß, das einmal Martje gehört hatte. Genau genommen, besaß sie es nicht, sondern würde es Martjes Sohn zurückgeben müssen, damit er es mit den anderen Archivalien aufbewahren konnte. Aber sie würde darin bestimmt mehr über die Herkunft der Jesus-Figur erfahren, berichtete sie kauend. Anders konnte es nicht sein. Was sonst sollte Martje noch für sie zur Seite gelegt haben, als sie spürte, dass ihr nicht mehr viel Zeit blieb?

Nach dem Essen dauerte es nicht mehr lange, bis Horst sich verabschiedete. Die Küchenschränke waren in einem dunklen Schokoladenton lackiert, hatten sandfarbene Rahmen bekommen und mussten nun trocknen.

»Danke für deine Hilfe, Horst!« Christoph kam aus dem Schlafzimmer. »Wenn wir uns je irgendwie revanchieren können, sag bitte Bescheid.«

»Ja, da ergibt sich schon mal was.«

Lea drückte ihn kurz. »Danke! Wenn wir so weit sind, gibt's eine Einweihungsparty. Dann lege ich mich richtig ins Zeug, und es gibt keine verkohlten Bratkartoffeln«, versprach sie.

Kaum war er gegangen, läuteten die Männer den Endspurt ein, wie sie vollmundig behaupteten. Lea war es nur recht. Sie schnappte sich erneut die alten Papiere, in die sie unmittelbar nach dem Mittag einen Blick geworfen hatte, und machte sich wieder an die Arbeit. Was sie in Martjes Unterlagen gefunden hatte, war mehr, als sie je zu hoffen gewagt hatte. Es hatte eine Weile gedauert, bis sie die verschiedenen Handschriften, die meisten waren in altdeutscher Schrift und auf Plattdeutsch oder Friesisch verfasst, entziffert hatte. Jetzt war ihr auch klar, was Martje mit ihren Andeutungen gemeint hatte, dass man den Jesus endlich in Ruhe lassen sollte und dass alle paar Jahre jemand auftauchte, der sich für ihn interessierte. Einer dieser Jemands hatte sozusagen eine eigene Akte über ihn angelegt.

Der Wind hatte aufgefrischt. Als eine Böe ihr die vergilbten Seiten, die modrig nach altem Staub rochen, durcheinanderwirbelte, blickte Lea zum Himmel und bemerkte jetzt erst, dass der sich zugezogen hatte. Sie ging in die Küche, wo es zwar entsetzlich nach frischer Lackfarbe roch, aber über dem Tisch immerhin schon eine Lampe angeschlossen war. Wenn die Bandixens doch die Wahrheit über den Gestrandeten kannten, warum hatten sie über all die Jahre geschwiegen und denen, die danach suchten, keinen Einblick in ihre Unterlagen gewährt? Sie beschloss, sämtliche Texte samt den Randbemerkungen und Notizen abzuschreiben. Dann konnte sie die Zeilen später leichter erneut überfliegen. Außerdem hatte sie den Wortlaut dann für ihre weitere Arbeit gesichert und konnte die Originale wieder zurückgeben. Ocke Laurens, Schüler des Meisters Ringeling, dessen Kanzel in der St. Johannis-Kirche stand, war also tatsächlich derjenige, der den Jesus geschnitzt hatte. Das allein war für sie ein wahrer Schatz, denn bisher glaubte die Kunstwelt, dass nur ein einziges Werk von ihm erhalten sei. Sie könnte mit ihrer Veröffentlichung beweisen, dass es ein weiteres gab! Der hölzerne Leib war allerdings nicht, wie sie vermutet hatte, in einem Gotteshaus in Osterwohld, auf einer der Inseln oder sonst wo an der Westküste zu Hause gewesen und erst viele Jahrzehnte später nach Hooge geraten. Nein, Ocke hatte ihn selbst mitgebracht, als er im Jahr 1633 auf die Hallig gekommen war. Die Tochter eines Hoogers hatte in Flensburg seinen Weg gekreuzt. Er hatte sich auf der Stelle verliebt. Und sie sich offenbar auch in ihn. Sie musste eine ziemlich resolute Person gewesen sein. Vielleicht eine wie Martje, ging es Lea durch den Kopf, und sie musste schmunzeln. Diese junge Frau also brachte Ocke trotz des Unmuts ihrer Eltern nach Hooge, auf die Osterwarft, wo sie lebte. Ihr Vater war einer der Ersten, der mit niederländischen Walfängern unterwegs gewesen war und es damit zu beträchtlichem Wohlstand gebracht hatte. Natürlich hatten sie geheiratet. Zur damaligen Zeit hätten sie unmöglich in einer wilden Beziehung zusammenleben können, wie Christoph und sie heute. Sie hatten über Hochzeit noch nicht gesprochen. Lea hatte bisher nicht einmal daran gedacht, wurde ihr plötzlich bewusst. Ihre Finger huschten flink über die Tasten. Ocke, ein Zugezogener, erlangte kein Ansehen. Man hielt ihn für einen Schmarotzer, für einen Nichtskönner. Hätte er nicht als Soldat im Krieg sein müssen, ein junger gesunder Kerl, der er war? Den Jesus am Kreuz wollte er der Kirche zum Geschenk machen, aber man lehnte ab, weil er nicht gut genug war, nicht wert, im Hause des Herrn zu hängen.

»Irrtum!«, hatte jemand neben diese Zeilen gekritzelt. Ja, dachte sie, das war ein großer Irrtum. Mussten die Alteingesessenen denn alles ablehnen, was ein Fremder ihnen brachte?, fragte sie sich. Oder hatte es damit damals gar nichts zu tun gehabt? Kaum ein Jahr lebte Ocke auf der Hallig, da brach die Sturmflut über die Westküste herein. Seine Frau Wilhelmine hatte gerade ihr erstes Kind zur Welt gebracht.

»Noch lange ging die Kunde von Ocke«, las Lea, »der, bis zur Hüfte in eisiger Nordsee, mit einem Mal seinen Jesus entdeckte, wie der davontrieb, von einer Woge niedergedrückt, dann wieder hoch auf den Kämmen reitend.« Der Chronist berichtete, dass Panik den armen Künstler ergriffen haben musste. Er wollte sein Werk retten, er wollte Jesus retten. Die Menschen waren mindestens ebenso abergläubisch wie gläubig. Doch dann krachte es ohrenbetäubend, und die Wand seines Hauses stürzte in sich zusammen. Godber von Westerwarft soll in der Tür zu sehen gewesen sein, erzählten sich die Leute von Ockenswarft noch Jahrzehnte später. Ausgerechnet Godber, der am schlimmsten gewesen war, wenn es darum ging, dem Neu-Hallig-Mann das Leben schwerzumachen, ihn auszulachen, zu piesacken. Godber, der ihm vor versammelter Mannschaft vorgeworfen haben soll, er sei ein Versager, ein Schwächling, obwohl er selbst fadenscheinige Geschäfte vorschob, um nicht im Krieg kämpfen zu müssen. Lea stutzte. Gleich las sie die Zeilen noch einmal, die sie soeben getippt hatte. Godber von Westerwarft. Natürlich, das konnte es sein. Nachnamen wurden in den Aufzeichnungen nicht genannt. Wenn er ein Bandixen gewesen war, würde es einen Sinn ergeben, dass die Familie das Tuch des Schweigens über die alten Geschichten gebreitet hatte. Sie musste herausfinden, ob es einen Godber Bandixen gegeben hatte. Rasch schrieb sie weiter. Übertrug in ihren kleinen tragbaren Computer den Rest der dramatischen Geschichte. Die Widersacher sollen sich angestarrt haben, und im nächsten Moment, so hätten Augenzeugen berichtet, sei Wilhelmine aus dem Haus gestürzt, die versuchte, ihr Kind zu packen, das von einer Welle aus der Ruine gerissen worden war und an Godber vorbeitrieb. Er hätte es fassen können, hieß es, doch er stand wie betäubt und klammerte sich lieber mit beiden Händen fest, damit ihm nichts geschehe. Ocke hin und her gerissen, schaute wohl mal zu dem hölzernen Christus, dann zu seinem Sohn, der unterzugehen drohte. Er zögerte nur eine Sekunde, dann überließ er seine Figur ihrem Schicksal und rettete sein Kind und seine Frau. Und noch drei weiteren Menschen von Osterwarft rettete er das Leben, bevor ein schwerer Zaunpfahl, der aus der Erde gerissen worden war, ihn erschlug und er ertrank. Nachdem die Flut abgelaufen war, sprach der Pastor der jungen Witwe Wilhelmine sein Beileid aus. Da erzählte sie ihm, dass die Nordsee sich das Kruzifix geholt habe. Darauf habe er mit ein paar unerschrockenen Frauen im Watt gesucht. Die Figur blieb jedoch verschwunden.

»Godber hat wohl nicht bei der Suche geholfen«, hieß es in einer Randnotiz. Woher hatte derjenige, der das geschrieben hatte, sein Wissen?

Um Ocke und seine Frau zu ehren, konnte man das Kruzifix nicht in die Kirche hängen, wie man gehofft hatte. Also benannte man stattdessen die Osterwarft nach dem Lebensretter in Ockenswarft um. Lea schrieb die letzten Zeilen ab, die auf das Jahr 1825 datierten. Darin wurde von drei Hoogern berichtet, die nach der Sturmflut, die vierundzwanzig Hallig-Lüüd den Tod brachte, eine Holzfigur entdeckten, die angeschwemmt worden war.

»Könnte sein, das Ockes Jesus zurückgekehrt ist …«, stand in sehr ordentlicher Handschrift am Rand des Blattes.

»Ja«, flüsterte Lea, »sieht ganz danach aus.« Sie lehnte sich zurück und hörte die Männer im Schlafzimmer albern.

»Hilfe«, schrie Thorben gerade und lachte.

Lea schmunzelte. Kindsköpfe. Sie hörte sie die Treppe herunterlaufen. Dann dachte sie wieder an den Jesus zurück, der doch nach beinahe zwei Jahrhunderten den Weg in die Hallig-Kirche gefunden hatte. Also hatte sie mit ihrer Theorie gar nicht so schlecht gelegen, nur dass das Kunstwerk nicht von Osterwohld zu einer anderen Insel oder ans Festland gelangt und später nach Hooge getrieben wurde, sondern sein Weg bereits auf Hooge begonnen hatte. Wieder hörte sie einen Schrei. Dieses Mal nicht aus dem Schlafzimmer. Sie schüttelte den Kopf. Die beiden führten sich aber auch wirklich auf wie pubertäre Bengel und nicht wie erwachsene Männer. Wenn man es nicht besser wüsste, konnte man es wirklich mit der Angst bekommen. Sie würde zu ihnen heruntergehen und ihnen erzählen, was sie herausgefunden hatte. Wieder ein Schrei. Dieses Mal war es Christoph, der nach ihr rief. Er klang nicht mehr heiter. Da war Panik in seiner Stimme. Sie sprang auf, stürzte aus der Küche und aus der Wohnung. Auf der Treppe konnte sie Thorben stöhnen hören. Die Kreissäge! Jetzt fiel ihr auf, dass sie ganz tief in ihrem Unterbewusstsein eben für einen kurzen Moment das Jaulen der Kreissäge gehört hatte und danach den ersten Schrei. Sie riss die Tür zum Schuppen auf. Da war überall Blut.

»Schnell, ruf Richard an! Thorben muss ins Krankenhaus.« Sie starrte Christoph an. »Sofort!«, brüllte der.

»So ein Mist«, presste Thorben zwischen zusammengebissenen Zähnen hervor. Er war kreideweiß. »Ich bin aber auch ein Idiot.«

Lea unterdrückte den Impuls, sich um den Verletzten zu kümmern. Sie rannte zurück in die Wohnung und wählte die Nummer des Gemeindepflegers.

»Richard ist auf dem Festland«, teilte dessen Frau Mareike ihr mit. »Sein Vertreter kommt erst morgen. Ihr müsst den Hubschrauber rufen, wenn es wirklich so schlimm ist.«

Lea knallte das Telefon auf den Küchentisch und war schon wieder an der Treppe. Halt, das Telefon sollte sie besser mitnehmen. Sie machte kehrt, schnappte sich den Apparat und hastete wieder hinunter.

»Richard ist auf dem Festland, sein Vertreter kommt erst morgen«, gab sie atemlos wieder. »Wir müssen den Hubschrauber rufen.« Sie sah Thorben an, der, an die Wand gelehnt, auf einem Stuhl hockte. Um seine Hand hatte Christoph den Pullover gewickelt, den er vorher um die Schultern getragen hatte. »Was ist denn bloß passiert?« Sie merkte, wie sie zu zittern begann.

»Ich hab mich 'n büschen paddelig angestellt«, antwortete Thorben und versuchte zu lächeln. Dass er es vor Schmerzen kaum noch aushielt, konnte er trotzdem nicht verbergen.

»Den Hubschrauber kannst du vergessen«, stellte Christoph fest. »Es ist schon zu dunkel, da kann der nicht mehr landen.«

»Aber das kann doch nicht sein!« Sie wollte nicht weinen. Wenn hier einer einen Grund hatte, sich aufzuregen, war das Thorben. Doch sooft sie sich das auch sagte, gelang es ihr nicht, ihre Panik zu bekämpfen, die immer größer wurde.

»Doch, kann es. Es gibt keinen Nachtlandeplatz.« Christoph sah verzweifelt aus. »Mareike soll wenigstens den Erste-Hilfe-Koffer bringen«, kommandierte er.

Schon hatte Lea die Wahlwiederholungstaste gedrückt.

Thorben murmelte: »Und sie soll auf Amrum anrufen. Der Arzt kann mit dem Seenotrettungskreuzer kommen.«

Lea merkte, wie sie weiche Knie bekam und Übelkeit in ihr aufstieg. Reiß dich zusammen, hämmerte sie sich in den Schädel. Du wirst jetzt gebraucht. Konzentrieren, das war das Zauberwort, sie musste sich konzentrieren. Am anderen Ende der Leitung meldete sich Mareike.

»Der Hubschrauber kann nicht mehr landen«, begann sie und verzichtete auf eine Begrüßung oder jegliche Form von Höflichkeit, die nur Zeit gekostet hätte. »Stell den Erste-Hilfe-Koffer bereit, ich bin gleich da und hole ihn ab.« Während sie gesprochen hatte, war sie zu Thorbens Auto gerannt und hatte sich hinter das Lenkrad gesetzt. Jetzt ließ sie den Motor an und fuhr zur Hanswarft. Sie nahm den Koffer entgegen und gab Mareike Anweisung, den Arzt von Amrum kommen zu lassen. Gut gemacht, sagte sie sich selbst, als sie wieder im Wagen saß und zurückfuhr. Ihr fielen die kleinen Spendenbüchsen in Form eines Seenotrettungskreuzers ein, die von der Deutschen Gesellschaft zur Rettung Schiffbrüchiger aufgestellt wurden. Wie oft hatte sie die irgendwo stehen sehen, aber nichts hineingeworfen. Warum eigentlich nicht? Glaubte sie wirklich, dass heutzutage die Technik das Meer so beherrschte, dass niemand mehr in Seenot geriet? Und vor allem: Bisher hatte sie immer geglaubt, dass nur Ertrinkende aus den Wellen gefischt würden. Dass auch Menschen in Not von Inseln oder Halligen geborgen wurden, war ihr neu. Plötzlich sah sie diese kleinen Spendenschiffchen in einem ganz anderen Licht.

Lea sprang aus dem Wagen und rannte mit dem Koffer in den Schuppen.

»Wie geht es ihm?«, fragte sie ängstlich. Thorben hatte die Augen geschlossen.

»Er lebt«, antwortete der leise und sah einmal zu ihr herüber, dann schloss er die Lider wieder. Sie musste an Martje denken, die einen ähnlichen Spaß gemacht hatte und bald darauf tot gewesen war. Nein, bloß nicht verrückt machen lassen.

»Klar, Unkraut vergeht nicht«, scherzte Christoph ein wenig bemüht. »Der Mann ist wie eine Warft, der hält sich immer irgendwie über Wasser.« Behutsam löste er den Pullover von der verletzten Hand. »Den kannst du gleich entsorgen.« Er reichte ihn Lea. Sie konnte einen raschen Blick auf die Wunde werfen. Sie war tief. Er musste mit der linken Hand weit in die Säge geraten sein. Es sah aus, als sei der Knochen des kleinen Fingers durchtrennt, als hinge er nur noch an etwas Haut und Gewebe. Christoph gab sich alle Mühe, einen Verband anzulegen, ohne Thorben mehr als nötig wehzutun.

»Kann ich etwas für dich tun, Thorben?« Sie hockte sich neben ihn und streichelte ihm über die gesunde Hand.

»Nee, alles gut. Danke, Lea.« Müde klang er und gequält.

Das Telefon klingelte. Das konnte nur Mareike sein, sonst hatte ja noch kaum jemand ihre Nummer.

»Dr. Andresen hier, Moin! Mareike Dell Missier hat mich angerufen und mir auch Ihre Nummer gegeben. Wegen des Unfalls.«

»Ja, gut. Sind Sie unterwegs?« Warum rief er an? Warum kam er nicht einfach?

»Eigentlich schon, aber wir haben einen Motorschaden.«

»Was? Das darf doch nicht wahr sein! Und jetzt?« Wieder drohten ihre Beine, ihr den Dienst zu versagen. Sie begann auf und ab zu laufen, um ihre Muskeln auf Trab zu halten, um etwas zu tun zu haben, was ihre aufsteigende Panik mindern würde.

»Nu entspannen Sie sich man, junge Frau. Ich habe den SAR-Hubschrauber schon alarmiert.«

»Aber der kann doch gar nicht landen!«, schrie sie ins Telefon.

»Doch, kann er. Der schon. Sie sind noch neu auf Hooge, oder?«

»Was hat das denn damit zu tun?«, fauchte sie ihn an und erntete einen verständnislosen Blick von Christoph.

»Na, sonst wüssten Sie, dass die kleinen Helis, die eigentlich immer zuerst angefordert werden, bei Dunkelheit nicht landen können, die großen dagegen immer und fast überall.«

Wieso hatten sie den dann nicht gleich gerufen? Christoph

oder wenigstens Thorben musste das doch gewusst haben. Lea verstand die Welt nicht mehr. Die Minuten flossen zäh dahin, als hätte sich diese Nacht vorgenommen, länger zu werden als alle anderen. Lea brachte dem Patienten eine Decke, sie legten seine Füße hoch und flößten ihm Wasser ein.

»Ein Pharisäer wäre mir jetzt lieber. Oder eine Tote Tante. Das betäubt wenigstens ein bisschen.«

Endlich klingelte ihr Telefon wieder.

»Wir sind im Anflug«, sagte eine Stimme, die eigenartig zerhackt klang und gegen den Lärm, den die Rotoren verursachten, kaum ankam. »Können Sie den Verletzten zum Anleger bringen? Wir gehen da auf einer Wiese runter.«

Christoph stützte Thorben, dem der kalte Schweiß auf Stirn und Oberlippe stand.

»So'n Mist, ich wollte den Schrank unbedingt fertig kriegen«, murmelte er.

»Du hast vielleicht Sorgen!« Lea war vorausgelaufen und hielt die Autotür auf. Sie fuhr so schnell es ging an Hans- und Backenswarft vorbei und war froh, als sie das große gelbe Tor des Anlegers sah.

»Bestimmt hocken alle mit dem Kieker an den Fenstern und gucken, was los ist«, vermutete Thorben.

»Stimmt, ist ein bisschen wie bei *Big Brother* hier«, meinte Christoph und rang sich ein Grinsen ab.

Ein lauter werdendes Knattern kündigte die Rettung an. Endlich. Lea blickte verstohlen zur Uhr. Es hatte über zwei Stunden gedauert! Über zwei Stunden, das war bei einem Herzinfarkt oder einer schweren Kopfverletzung viel zu lange. Aus der Dunkelheit schälte sich ein Lichtkegel, der zunächst noch die graue Nordsee und dann die Wiese gleich neben dem Fahrradverleih anstrahlte. Wie eine Hummel drehte sich der Hubschrauber hin und her, bevor er langsam zu Boden glitt. Gras und Staub wirbelten auf und bildeten ein unheimliches Treiben in dem diffusen Licht.

»Sagst du meiner Süßen bitte, was los ist?«, bat Thorben. »Sie soll sich aber nicht aufregen. Die Hand ist ja noch dran.«

Erst jetzt fiel Lea ein, dass sie seine Frau längst hätten benachrichtigen müssen. Sie hätte jetzt an seiner Seite sein können und mit ihm aufs Festland fliegen.

»Bloß nicht«, wehrte er ab, als sie ihm vorschlug, seine Frau noch schnell zu holen. »Das war Absicht, dass sie noch nichts weiß. Bin ja froh, dass Mareike nicht gleich bei ihr angerufen hat. Nee, mein liebes Weib bricht nur in Tränen aus und braucht mehr Betreuung als ich. Lass man!«

Die Tür des Helikopters ging auf. Auch Lea sprang aus dem Wagen, winkte dem Mann, der gebückt unter den langsamer werdenden Rotoren in ihre Richtung gelaufen kam, und hielt die Autotür auf, damit Christoph Thorben heraushelfen konnte. Der Arzt hörte sich an, was geschehen war. Er sah sich die Verletzung erst gar nicht an, sondern meinte, das müsse auf jeden Fall operiert werden, wenn ein Finger so gut wie abgetrennt sei. Schon war er mit Thorben auf dem Weg zu dem Hubschrauber, der den Motor bereits wieder gestartet hatte.

»Könnt ihr meine Frau morgen zur Beerdigung mitnehmen?«, rief er noch. Dann war er weg.

Sie standen noch eine ganze Weile schweigend am Anleger, bis der Hubschrauber längst außer Sicht und es wieder still und dunkel war. Christoph hatte sich den Start angesehen, hatte beobachtet, wie der Heli aufstieg, abdrehte und irgendwann nicht mehr vom schwarzen Nachthimmel zu unterscheiden war. Lea dagegen hatte zwar auch den Kopf in den Nacken gelegt, doch wahrgenommen hatte sie nichts. Ihr Blick ging ins Leere, verfing sich in einem erschreckenden und verwirrenden Nichts. In ihrem Kopf rasten die Gedanken. Immer wieder die gleichen. So also war es, wenn man auf einer Hallig in Not geriet. Man konnte aufgrund eines Motorschadens sterben. Oder weil der Gemeindepfleger auf dem Festland zu tun hatte und ein Ersatz sich Zeit ließ.

Sie spürte Christophs Hand auf ihrer Schulter. »Alles in Ordnung?«

»Außer, dass Thorben, mein erster und vielleicht einziger Freund hier, sich gerade die halbe Hand abgesägt hat, um uns einen Kleiderschrank zu bauen, ist alles bestens.« Sie schluckte. Sie wollte nicht laut werden. Doch, wollte sie. Am liebsten würde sie schreien.

Er wischte ihr die Tränen von den Wangen, nahm sie in den Arm und hielt sie fest. Sie hatte gar nicht gemerkt, dass sie weinte.

»Er hat Glück gehabt«, flüsterte er an ihrem Ohr. »Es hätte viel schlimmer kommen können. Als ich das Blut gesehen habe, dachte ich erst, die ganze Hand ist ab. Aber er hat wirklich noch Glück gehabt.«

Lea begann, in seinen Armen zu beben. Er hat Glück gehabt. Ja. So war es wohl. Hätte er sich nämlich die Hand vollständig abgetrennt, wären zwei Stunden eine viel zu lange Zeit gewesen. Dann wäre er jetzt tot, und sie hätten gleich zwei Menschen beerdigen können. Ach nein, schoss es durch ihren Kopf, Thorben gehörte hier kein Grundstück. Also hatte er auch kein Anrecht auf eine Grabstelle auf der Hallig. Sie konnte nichts sagen, ihre Gedanken drehten sich im Kreis. Sie war unfair und unsachlich. Reiß dich zusammen, ermahnte sie sich zum wiederholten Mal, du musst funktionieren.

»Wir müssen seiner Frau Bescheid geben«, brachte sie schließlich leise heraus.

Die reagierte exakt so, wie Thorben es vorausgesagt hatte. Die sonst unbeirrbar fröhliche Person brach in Tränen aus, lief hektisch herum und wiederholte die immer gleichen Fragen. Bis nach Mitternacht blieben sie bei ihr, redeten auf sie ein, beruhigten sie. Lea fühlte sich unbehaglich dabei, verlogen. Sie folgte nicht ihrem Herzen. Würde sie das tun, müsste sie der Frau des Hafenmeisters nämlich raten, schnellstens ihre Sachen zu packen und von der Hallig zu verschwinden. Es war kein Abenteuer, hier zu leben, es war blanker Leichtsinn. Aber sie schwieg, hielt ihre Hand, stimmte Christoph zu, der immer wieder betonte, dass Thorben bis zuletzt seinen Humor bewahrt hatte. So schlimm könne es gar nicht sein. Klar, das sei ein böser Unfall gewesen, aber er würde wieder gesund werden, wahrscheinlich ganz schnell wieder nach Hooge zurückkommen und bestimmt auch bald wieder seinen Dienst antreten.

Sie ließen Thorbens Wagen bei ihr auf Hanswarft und gingen zu Fuß durch die Nacht nach Hause. Die Ringelgänse schliefen, nur hier und da ertönte mal ein gurrender Laut. Dafür waren andere Vögel munter, riefen und kreischten. Lea hatte kein Ohr dafür. Sie fühlte sich wie ein Schmetterling, der eben noch leicht und unbeschwert durch die Luft schwirrte und im nächsten Moment von einer Eisschicht umschlossen wurde. Erstarrt und kalt kam sie sich vor, unfähig, ihre Gefühle zu offenbaren und zu teilen. Automatisch setzte sie einen Fuß vor den anderen, Schritt für Schritt. Obwohl sie keinen Sinn mehr darin sah.

Christoph ließ sich neben ihr ins Bett fallen. »Ich bin total erledigt«, schnaufte er. »Morgen nach der Beerdigung rufe ich gleich im Krankenhaus an. Bestimmt gibt's dann schon was Neues.« Er rieb sich über das Gesicht und sah dann zu ihr herüber. »Hey, das wird schon. Du hast ihn doch gesehen. Er hatte Schmerzen, klar, aber er war ganz guter Dinge. Jedenfalls soweit man das in der Situation sein kann.« Sie wollte ihm sagen, dass sie sich keine Sorgen um Thorben machte. Natürlich hatte sie Angst, dass er etwas zurückbehalten würde, dass er womöglich nicht mehr alle Finger bewegen konnte. Aber das war es nicht, was sie so aus der Fassung brachte. Sie hatte nackte Angst um ihr eigenes Leben. Ihre Mutter hatte auch Brustkrebs gehabt, und der war zurückgekehrt. Was war, wenn es bei ihr auch so sein würde? Dann wäre sie auf der Hallig verraten und verkauft, schrie ihre innere Stimme. Nach außen schwieg sie.

»Es ist nicht unsere Schuld«, sagte Christoph eindringlich. »Es ist hier bei uns passiert, aber das bedeutet noch lange nicht, dass wir Schuld haben. Nicht einmal seine Frau hat uns Vorwürfe gemacht, also mach du dir auch keine. In Ordnung?«

Lea bekam ein Nicken zustande. Damit gab er sich zufrieden, küsste sie, wünschte ihr eine gute Nacht und löschte das Licht.

Lea machte kein Auge zu. Ich will hier weg, hämmerte es in ihrem Schädel. Sie sah nicht etwa das viele Blut vor sich, und sie fühlte sich auch nicht schuldig. Nur hatte dieser eine Vorfall ihre gesamte Planung auf den Kopf gestellt. Sie freute sich nicht mehr auf die Wohnung, konnte sich nicht mehr vorstellen, hier zu leben. Sie musste mit Chris darüber sprechen, aber wie? Nachdem sie ihn von Hooge hatte überzeugen wollen, konnte sie ihn doch jetzt nicht bitten, mit ihr nach Sylt zu ziehen. Alara und Knut fielen ihr ein, Ferk, Gabi und Hauke, Lutz, Birgit, der Pastor, die ganze Bande eben. Es zerriss ihr das Herz, aber sie konnte unmöglich bei ihnen bleiben. Sie musste gehen. Vielleicht war es ganz gut, das so früh zu begreifen, anstatt sich noch viel mehr an all die Menschen zu gewöhnen.

Der Morgen graute. Lea lag noch immer auf dem Rücken und starrte an die Decke. Sie wusste nicht, ob sie die ganze Nacht so verbracht oder zwischendurch geschlafen hatte. Auf jeden Fall fühlte sie sich unendlich müde und zerschlagen. Wie ferngesteuert stand sie auf, ging ins Bad, putzte sich die Zähne und zog sich schwarze Sachen an.

»Die Kirche wird bestimmt voll. Es freut mich richtig für die gute alte Martje, dass die Orgel wieder in Schuss ist. Na ja, zumindest klingt sie wieder besser. Ganz fertig bin ich damit noch nicht«, meinte Christoph.

Es war schön für Martje und ihre Angehörigen, ja. Schräge Orgeltöne bei der Beerdigung waren furchtbar. Bei ihrer Mutter hatte der Organist entsetzlich falsch gespielt. Es war so schlimm gewesen, dass hier und da sogar jemand hatte kichern müssen. Unerträglich.

»Ich habe übrigens in Langenhorn einen Kranz bestellt. Der soll heute früh mit dem Schiff gekommen und gleich in die Kirche gebracht worden sein. Ich hoffe, das ist in deinem Sinn?«

»Ja, natürlich.«

Er kam zu ihr und nahm ihre Hände. »Martje hat sich so gefreut, dass wir zusammen sind. Ich dachte, sie freut sich auch über eine Schleife mit unseren beiden Namen drauf.« Seine Augen glänzten. Er hatte die alte Dame beinahe sein Leben lang gekannt. Und er hatte sie von Herzen gern gehabt. Sie musste ihm noch mehr fehlen als ihr. Trotzdem sah Lea sich nicht in der Lage, ihn zu trösten. Sie hätte es gern getan, es brach ihr das Herz, ihn so betrübt zu sehen, nur fiel ihr einfach nichts ein, was sie sagen könnte.

»Du bist so still«, meinte er auf dem Weg zur Hanswarft.

»Wir gehen zu einer Beerdigung.«

»Ist es wirklich nur das? Ich dachte, es hat vielleicht noch etwas mit gestern zu tun, mit dem Unfall.«

»Ja, das auch«, entgegnete sie kurz.

Die Kirche war schon gut gefüllt, als sie eintraten. Es war grau und drückend an diesem Morgen. Die Kühle in dem kleinen Gotteshaus war eine Wohltat. Sie nickten Lutz zu und Alara und Knut, die in der letzten Reihe saßen. In der Mitte war noch Platz. Sie öffneten eine der blau-weiß gestrichenen Schwingtüren und setzten sich. Kerzen brannten in dem großen ringförmigen Leuchter und auf jeder der nach oben dreieckig zulaufenden Wangen, die an den Bänken zum Himmel wiesen. So nah an der Kanzel hätte sie unter anderen Umständen die bunt bemalten Schnitzereien bewundert. Immer wieder war dort eine Kleinigkeit zu entdecken, die einem zuvor entgangen war. Immer wieder konnte sie sich für die feine detailreiche Arbeit begeistern. An diesem Tag hatte sie kein Auge dafür. Lea starrte das Fenster an, das den versinkenden Petrus zeigte, blickte leer durch das Motiv hindurch. Nur wenige Fetzen der Predigt drangen bis in ihr Bewusstsein vor. Sie saß einfach nur da, Christophs Hand auf der ihren, und dachte die Gedanken weiter, die sich seit gestern in ihrem Kopf eingenistet hatten. Als die Orgel erklang, sah er zu ihr herüber. Sie schenkte ihm pflichtbewusst ein kleines Lächeln.

Später auf dem Friedhof drückte sie Martjes Sohn die Hand und sprach ihm ihr Mitgefühl aus. Auch für Harri fand sie ein paar tröstende Worte. Das frische Grab lag ein paar Schritte von dem des Vogelwarts Jens Wand entfernt. Das hätte Martje gefallen. Sie hatte den alten Sonderling als junges Mädchen kennengelernt und sehr geschätzt. Die Hallig-Lüüd traten ein wenig zur Seite, nachdem sie kondoliert hatten, und unterhielten sich mit gedämpften Stimmen. Man war bedrückt. Martje würde in der kleinen Gemeinschaft fehlen. Aber man freute sich auch mit ihr. Immerhin war sie genauso gestorben, wie sie es sich gewünscht hatte. Einschlafen und nicht mehr aufwachen, schwärmte jemand, und dann noch in der guten Stube. Besser geht's gar nicht.

Doch, dachte Lea mit einem Mal, es geht besser. Es geht sogar viel besser. Leben ist besser. Ihr Atem wurde schneller. Ihre Augen wanderten hektisch von einer Seite zur anderen, suchten, ohne zu wissen, wonach.

»Was ist denn los? Geht's dir nicht gut?« Chris sprach leise und beugte sich zu ihr, so dass sie ihm direkt in sein besorgtes Gesicht sehen musste. Sie fühlte sich elend. Wie sollte sie ihm nur erklären …? Er war zu nah. Sie trat einen Schritt zur Seite, musste mehr Luft kriegen. Dann sah sie an ihm vorbei herüber zu dem Wagen, auf dem Sträuße und Kränze lagen. Ihr eigener Name in weißer Schrift auf einer schwarzen Schleife inmitten von Rosen. Nur einen Steinwurf davon entfernt ein offenes Grab.

»Es ist besser so«, hatten viele auch damals gesagt, als ihre Mutter dem Krebs erlegen war. »Es ist besser für sie. Stell dir mal vor, sie hätte sich noch lange quälen müssen.« Das hatte sie sich gar nicht vorstellen wollen. Sie wollte sich vorstellen, dass ihre Mutter diesen Scheißkrebs besiegt hatte, dass er nie wieder zurückkam und sie ein langes gesundes Leben vor sich hatte. Das wollte sie sich vorstellen. Auch für sich, verdammt. Aber die Leute retteten sich in all diese Sätze, die man eben so sagt, wenn man keinen Trost hat, den man spenden könnte. Es war gut gemeint, das wusste sie. Darum hatte sie ihre innere Stimme auch weggesperrt, die Menschen, die um sie herum waren, mit ihren betroffenen Gesichtern, nicht angebrüllt. Obwohl ihr danach zumute gewesen war. Sie hatte die innere Stimme eingesperrt. Damals. Und da hockte sie heute noch, zum Schweigen verdammt. Lea hielt es nicht länger aus.

»Ich muss hier weg«, keuchte sie und presste die Faust vor die Lippen.

»Was ist denn …? Lea!«

Sie hastete zwischen den Gräbern hindurch, stieß beinahe gegen einen Stein, der ein Schiff darstellte, erreichte den kleinen Weg und rannte vorbei an dem Glockenturm durch die Pforte und Kirchwarft hinab.

»Lea! Bleib doch mal stehen!«, hörte sie Chris hinter sich. Sie wurde langsamer und langsamer und blieb schließlich mitten auf der Straße stehen. Von weitem sah sie Urlauber, die in Richtung Hanswarft strömten. Eine Familie, das kleinste von vier Kindern in einem Bollerwagen, sang vergnügt, während Lea auf Backenswarft zuhielt. Wie unbeschwert Touristen die Hallig, diesen besonderen Ort, genießen konnten. Es war so ungerecht, dass ihr dieser Ort, der Zauber, die Unbeschwertheit weggenommen worden waren!

Eine Kutsche fuhr an Lea vorbei. Sie hörte das Klappern der Hufe, hörte, wie der Kutscher seinen Gästen erzählte, dass sie die Kirchwarft leider nur vom Zaun aus ansehen konnten, denn am Montag gehöre sie immer den Hoogern, damit die ungestört ihre Gräber pflegen konnten. Heute sei nun auch noch eine Beerdigung, und die wollten sie ja sicher nicht sehen. Sie wollten sich doch nicht den schönen Ferientag verderben.

»Aber bis an den Zaun können Sie ruhig mal gehen. Ist wirklich hübsch.« Die Menschenhorde sprang aus dem Wagen und stapfte den Weg hinauf.

»Lea, du meine Güte, du zitterst ja am ganzen Körper.« Chris war bei ihr und legte ihr sein Jackett um die Schultern. »Das war wohl alles ein bisschen viel. Das frühe Aufstehen und die lange Fahrt, Thorbens Unfall und heute gleich die Beerdigung.«

»Ich kann nicht …«, stammelte sie. Mehr brachte sie einfach nicht heraus. Die Angst hatte sich in ihre Seele verbissen, wie ein Hund in ein Karnickel, das er totschüttelte.

»Was kannst du nicht?« Seine Stimme war sanft, aber in seinen Augen konnte sie sehen, dass er sie nicht verstand. Wie auch? Das Zittern wollte nicht aufhören, Tränen machten ihr die Wangen nass.

»Pass auf, du setzt dich jetzt in Frerks Auto und wartest. Ich frage ihn, ob ich kurz seinen Wagen haben kann und bringe dich nach Hause. Und dann legst du dich erst mal hin. Heute machst du nichts mehr, weder in der Wohnung noch an deinem Computer.« Er wartete auf eine Antwort von ihr, das war nicht zu übersehen. Doch die bekam er nicht. »Das ist eine Anordnung, ich dulde keinen Widerspruch.« Von ihr etwa? Wohl kaum! Gehorsam kauerte sie sich auf den Beifahrersitz und hoffte, die Touristen würden keine Notiz von ihr nehmen, wenn sie zu ihrer Kutsche zurückkehrten, um ihre Hallig-Tour fortzusetzen.

»Ich bringe den Wagen direkt zur Hanswarft und lasse mich kurz bei dem Leichenschmaus sehen. O Gott, was für ein schrecklicher Ausdruck!« Christoph seufzte. »Ist das in Ordnung für dich? Denkst du, du kommst klar?« Ein schwaches Nicken. Ja, lass mich allein, dröhnte die Stimme in ihr. Sie konnte ohnehin niemanden um sich ertragen. »Komm, ich bringe dich noch ins Bett.«

Sie wollte nicht. »Ich kann nicht …«, setzte sie noch einmal an.

»Brauchst du auch nicht«, beruhigte er sie. »Ich mach das schon.« Mit sanfter Gewalt schob er sie zum Bett, half ihr aus Kostüm und Schuhen und drückte sie auf die Matratze. Die Decke zog er ihr trotz der Hitze bis zum Kinn. »Du hast mir Angst gemacht, eben auf dem Friedhof«, sagte er leise und sah sie an. Auf seiner Stirn hatte sich eine tiefe Falte gebildet, die sie noch nie gesehen hatte. Angst, dröhnte es in ihrem Kopf. »Ruhe dich aus, ja?« Wieder keine Antwort. »Ich mache mir wirklich Sorgen.« Er ging zur Tür. »Ich beeile mich. Versprochen.«

Seine Schritte auf der Treppe. Die Haustür, dann der startende Motor und ein sich entfernendes Auto. Ein rascher Blick zur Uhr. Wenn sie in einer Stunde gepackt hatte, konnte sie locker die Fähre am Nachmittag erwischen. Schon bei dem Gedanken fühlte sie sich schuldig, als hätte sie es bereits getan, als wäre sie einfach auf und davon gelaufen, hätte ihn im Stich gelassen. Andererseits, blieb ihr eine Alternative? Sie schlug die Decke zurück, stellte die Füße aus dem Bett. Wie sehr wünschte sie sich dieses Leben an Christophs Seite hier auf Hallig Hooge, umgeben von den Menschen, die sie schätzen gelernt hatte. Auf der anderen Seite war sie es Peggy und ihrem Vater schuldig, gut für sich zu sorgen, überhaupt am Leben zu bleiben.

Dazu brauchte sie eine zuverlässige medizinische Versorgung. Sie wollte leben. Das war sie sich selber schuldig. Ihr blieb nicht mehr viel Zeit, bis das Schiff ging, aber immerhin sah sie mit einem Mal ganz klar vor sich, was zu tun sei. In Windeseile schrieb sie Ockes Geschichte auf zwei Bögen Papier. Das war ihr Geschenk für alle Neu-Hooger, die noch kommen würden. Und es war auch ihr Abschiedsgeschenk für die Hallig-Lüüd, die ihren Jesus noch mehr lieben würden, wenn sie diese Geschichte kannten, da war Lea sich sicher. Ihre Hand zitterte noch ein wenig, und ihre Schrift war aufgrund des Tempos, mit dem sie Zeile um Zeile kritzelte, alles andere als ordentlich. Hoffentlich konnte der Pastor den Text lesen. Nachdem sie zu Ende geschrieben hatte, stopfte sie ein paar Dinge in ihre Reisetasche. Mehr brauchte sie fürs Erste nicht. Vielleicht würde Chris ihr den Rest bringen, wenn sie sich ihm erklärt hatte. Am Telefon würde ihr das gelingen. Womöglich konnte er sich doch vorstellen, woanders mit ihr ein neues Leben zu beginnen. Der Transporter musste sowieso noch aufs Festland gebracht werden. Es würde sich schon finden, alles würde sich irgendwie finden, wenn sie nur erst einmal weg war. Thorben fiel ihr ein, als sie mit der gepackten Tasche die Treppe hinablief. Zu ihm sollte sie kommen, wenn das gefürchtete schwarze Loch sie zu verschlingen droht, das jeden Zugezogenen früher oder später erwischt. Das hier war schlimmer als ein schwarzes Loch, schlimmer als der berüchtigte Hallig-Koller, vor dem sie jeder gewarnt hatte. Und wo war Thorben jetzt?

Die anderen waren alle beim Leichenschmaus. Das bedeutete, Kirche und Friedhof waren verlassen. Lea fuhr mit dem Transporter. Damit war sie schneller, und sie konnte ihn später am

Anleger stehenlassen. Ockes Geschichte und damit auch die des Gestrandeten sicher in einem Umschlag verwahrt, betrat sie die kleine Hallig-Kirche. Wohin nun mit Ocke? Auf den Altar? Sie ging den Gang hinunter auf den Altar zu, der aus Backstein gemacht war. Zwischen zwei gedrehten hölzernen Säulen der Gekreuzigte, darüber in goldener Schrift: »Des Herrn Wort bleibet in Ewigkeit«. Das wusste Lea, ohne hinaufzusehen. So vertraut war ihr das alles geworden. Sie wagte nicht, den Blick zu heben, hatte Skrupel, ihren Umschlag auf den Altar zu legen. Wohin dann damit? Am besten, sie steckte ihn hinter den Gestrandeten. Gerade drehte sie Jesus den Rücken, als die Kirchentür sich öffnete. Der Pastor trat durch den niedrigen steinernen Bogen.

»Ich habe den Laster unten vor Kirchwarft gesehen. Schön, dass Sie noch einmal gekommen sind, Lea.« Wie er das sagte, als seien ihr ihre Fluchtgedanken ins Gesicht geschrieben.

»Ich wollte Ihnen nur das hier bringen.« Sie kam ein paar Schritte auf ihn zu und streckte ihm das Kuvert entgegen. »Das Rätsel um die angeschwemmte Figur ist gelöst«, sagte sie leise. »Jedenfalls fast. Ich werde noch recherchieren, ob es einen Godber Bandixen gab. Aber im Grunde spielt das keine Rolle.«

»Sie machen das schriftlich?« Er legte den Kopf in seiner eigentümlichen Weise schief. »Warum erzählen Sie mir nicht einfach, woher unser Gestrandeter denn nun stammt?«

»Das würde zu lange dauern. Ich will die Nachmittags-Fähre erreichen«, erklärte sie mit gesenktem Kopf. Eigentlich wollte sie sich davonstehlen, wollte niemandem sagen, dass sie Hooge schon wieder verließ, denn dann hätte sie auch ihre Gründe nennen müssen. Es war ja nicht so, dass sie das nicht wollte, aber sie konnte einfach nicht darüber sprechen. Die Worte blieben ihr regelrecht im Halse stecken. Seit damals. Dachte sie zumindest. Doch in diesem Augenblick spürte sie, wie etwas mit ihr geschah. Dieser Ort hat etwas, das die Leute dazu bringt, sich zu öffnen. Hatte sie das nicht selbst gesagt? »Ich werde die Hallig verlassen«, begann sie. »Thorben hatte gestern einen Unfall, und es hat mehr als zwei Stunden gedauert, bis er Hilfe bekommen hat. Wenn er sich schwerer verletzt hätte, wäre das sein Tod gewesen.« Sie fühlte, wie das Eis um sie schmolz, wie ein erdrückendes Gewicht sich löste und sie wieder freier atmen ließ. »Ich hatte Krebs. Ich habe nur noch eine Brust. Wenn die Krankheit zurückkommt, sterbe ich.«

»Das tut mir sehr leid«, entgegnete er schlicht. Er gab ihr die Möglichkeit, weiterzusprechen, da sie schwieg, übernahm er das für sie. »Habe ich Ihnen eigentlich schon die Geschichte des Kirchenfensters dort drüben erzählt?« Er nahm ihren Arm und führte sie mit langsamen Schritten nach vorn zum Taufbecken, das vor besagtem Fenster stand. Ihre Anspannung legte sich mehr und mehr und wich einer großen Ruhe. Natürlich hatte er ihr die Geschichte erzählt. An ihrem ersten Tag, als sie zum ersten Mal in ihrem Leben eine Hallig und auch diese Kirche betreten hatte. Trotzdem hörte sie ihm gern erneut zu.

»Es ist eine tolle Geschichte, finde ich. Petrus ging über das Wasser. Als ihm bewusst wurde, was er da tat, bekam er es mit der Angst zu tun, denn eigentlich können Menschen das ja nicht, auf dem Wasser herumlaufen. Sonst könnten wir bei Landunter von einer Warft zur anderen gehen. Das wäre praktisch.« Er lachte leise. »Petrus konnte das, aber in dem Moment, in dem er das Vertrauen verlor und die Angst zuließ, da ist er untergegangen.« Der Singsang in seiner Stimme wirkte auf sie wie ein Gute-Nacht-Lied, das ein Kind in den Schlaf führte.

»Meine Mutter hatte auch Brustkrebs. Sie war das Gottvertrauen in Person.« Leas Stimme klang nicht ironisch oder bitter wie sonst in den seltenen Momenten, in denen sie über die Erkrankung und den Tod ihrer Mutter gesprochen hatte. »Direkt nach der Diagnose hat sie uns wissen lassen, dass sie nicht sterben wird. Sie hatte keine Angst. Sie können sich das nicht vorstellen. Keiner konnte fassen, wie sachlich und unerschrocken sie mit dem Krebs umgegangen ist.« Ein Gefühl der Leichtigkeit machte sich in ihr breit. Wie ein Seevogel, dessen ölverschmiertes Gefieder gereinigt wurde, der seine Flügel vorsichtig wieder spreizen konnte. »Nach der Operation und der Chemo standen ihre Chancen gut, und nach drei Jahren galt sie als gesund. Für sie war das Thema damit abgeschlossen. Es kam in ihrer Vorstellung gar nicht vor, dass die Krankheit zurückkehren könnte. Aber sie ist zurückgekehrt. Oder besser gesagt: Sie war nie weg, nur das Symptom war weg, der Tumor.« Lea war anders als ihre Mutter. Sie hatte alles gelesen über Brustkrebs, was sie in die Finger bekam, wollte von den Ärzten alles ganz genau erklärt haben. Das Ergebnis war, dass sie ihren Gegner besser kannte. Sie wusste, er würde sie möglicherweise sehr alt werden lassen, vielleicht sogar in Ruhe, aber begleiten würde er sie immer. Das stand fest. Wie bei einem Alkoholiker, der zwar trocken sein konnte, aber doch immer ein Alkoholiker blieb.

»Und sie ist daran gestorben.« Es war keine Frage, sondern eine Feststellung.

»Ja, als ich fünfzehn war.«

Es war ganz still in der Kirche. Lea stellte überrascht fest, dass die Endlosschleife, die seit gestern in ihrem Kopf lief und sie verrückt zu machen drohte, aufgehört hatte. Auch ihr Bauch war nicht mehr angespannt, wie sonst immer, wenn sie Stress hatte. Seit Thorbens Unfall war ihr Bauch bretthart gewesen, und sie hatte die Schultern unbewusst angezogen, als wolle sie sich in sich zurückziehen wie eine Schildkröte. Jetzt nicht mehr. Ihr Körper fühlte sich leicht an und entspannt. Der Wind brauste leise um das kleine Backsteingebäude, das immer noch stand, obwohl einige Sturmfluten ihm den Boden hatten wegziehen wollen, obwohl die Salzluft ständig an ihm nagte. Eine Möwe kreischte.

»Ich werde Ihnen noch eine Geschichte erzählen. Es geht um eine Frau, die einen Herzfehler hatte. Sie hätte steinalt werden können, hundert Jahre womöglich. Wer weiß? Dafür hätte sie gar nicht viel zu tun brauchen, nur so einen Pieper um den Hals tragen. Sie kennen die bestimmt. Man drückt auf ein Knöpfchen, bei einer Herzattacke zum Beispiel, und ganz schnell kommt Hilfe. Aber die Frau wollte das nicht. Das hätte auch gar keinen Sinn gehabt.« Wieder lachte er leise. »Hier auf Hooge hat so ein Pieper keinen Sinn. Martje hätte auf den Kontinent gehen und ihn da tragen müssen. Aber sie ist geblieben.«

»Martje hatte einen Herzfehler?«

»Ja. Und vor ein paar Tagen hatte sie einen schweren Anfall. Gertrud war ganz kurz vorher noch bei ihr, da schien alles in Ordnung zu sein. Martje wusste, dass es irgendwann einmal so kommt. Aber sie hatte keine Angst und hat das Vertrauen nie verloren. Deshalb ist sie auch nicht untergegangen.«

»Nein, das ist sie nicht.«

»Sie hätte jetzt noch leben können. Aber drüben auf dem Festland. Was meinen Sie, wäre das die bessere Wahl?«

»Auf keinen Fall.«

Er nickte. »Irgendwann müssen wir alle gehen. Wissen Sie, Lea, wir sollten uns nicht so viele Gedanken machen. Wir können ja doch nur unser Bestes geben und abwarten. Und den Rest macht der liebe Gott.«

Lea trat aus der niedrigen Tür und atmete die salzige Luft tief ein. Der Wind hatte die graue Wolkendecke des Morgens verscheucht, die Sonne blendete sie. Langsam ging sie den kleinen Weg entlang, vorbei an den Gräbern und dem hölzernen Glockenturm. Sie schloss die weiße Pforte hinter sich und blickte von der Warftkrone hinüber in Richtung Anleger. Hinter Backenswarft kam die Fähre herüber. Zu spät, die bekam sie nicht mehr. Auf keinen Fall. Gott sei Dank! Sie schlenderte die Warft hinunter, vergaß den Wagen mit ihrer Tasche darin. Kurz bevor sie auf den Hauptweg abbog, der vom Anleger bis Hanswarft führte, sah sie in der Ferne einen Mann, der in Richtung Kirchwarft rannte. Sie erkannte Christoph sofort. Schließlich erkannte er sie auch und drosselte sein Tempo. Sie lächelte. Da hatte doch schon wieder irgendjemand mitbekommen, dass ein Miet-Transporter von Ockens- nach Kirchwarft gefahren ist. Und dieser Jemand hatte Chris Bescheid gesagt. So ist das eben auf einer Hallig.

Gut so, dachte Lea.

Danksagung

Mein ganz herzlicher Dank geht an Pastor Witte und seine Frau Christine, die mir nicht nur eine Unterkunft, sondern ein Zuhause gegeben haben. Auch meine Lesungen waren stets wunderbare Erlebnisse, ob in der Kirche oder im Musikzimmer des Pastorats. Danke dafür! Und auch an Bärbel Hirsch einen lieben Dank für die Unterstützung der Lesungen mit einem Büchertisch. Und das trotz Hochsaison-Stress!

Ganz besonders möchte ich all denen danken, die mir für Gespräche zur Verfügung gestanden haben: Dedi und Siegfried Baudewig, Swantje Paprotta, Matthias Piepgras und Christiane, den drei Kollegen aus dem Büro und natürlich Maike und Thomas Sturm.

Dir, Thomas, von Herzen ein besonders dickes Dankeschön; du weißt, wofür. Und ein weiteres dafür, dass du dichthalten konntest, als ich in die Sektparty verwickelt wurde …;-)

Nicht zu vergessen Gertrude von Holdt Schermuly, die großartige Plattdeutsch-Lehrerin, die sich glücklicherweise nicht auf meine Fortschritte verlassen, sondern alle plattdeutschen Texte mit mir durchgeackert hat, damit sie so »klingen«, wie sie jetzt klingen. Danke, Tutje, dafür, für dein Angebot, dass ich zu dir kommen darf, wenn mir die Decke auf den Kopf fällt. Und das gleich nach unserer ersten Begegnung. Danke, dass du bist, wie du bist!

Zuletzt danke ich allen, die mich behandelt haben wie eine von ihnen und dafür gesorgt haben, dass ich mich rundum wohl gefühlt habe: Gudrun, Hartwig, Hartmut, Erco, Renate und Kerstin, Christa und Werner, Samar und Jörg, Karola und Werner,

Katja, Karen und Michael, Rolf und Regina, die leider gegangen sind, Birgit und Carl, Renée und Uwe, die Crew von der T-Stube, hier vor allem Angie und Barbara und alle »Dauer-Hooger« sowie Saisonkräfte, die ich womöglich noch nicht namentlich genannt habe.

Danke an die Gemeinde, dass sie das Experiment Hallig-Schreiberin gewagt hat!

Und danke an meine Testleser Birgit und Hannes und dieses Mal auch Michaela, deren Rückmeldung für mich ganz wichtig war.

Glossar

Bullerjan: Warmluftofen aus gebogenen Stahlrohren, die eine Brennkammer bilden.

Döns: Beheizbarer Wohnraum, in dem sich das tägliche Leben des Bauernhofes abspielte.

erstmol: Verabschiedungsfloskel, die so viel heißt wie: »Tschüss erst mal, wir sehen uns ja doch bald wieder.«

Fething: Süßwasserreservoir in der Warft.

Hallig: Im Unterschied zur Insel ist die Hallig nicht eingedeicht. Und sie hat kein natürliches Süßwasservorkommen. Mehrmals im Jahr, bei Landunter, wird sie von der Nordsee überspült. Nur die Warften schauen dann noch aus den Wellen.

Kieker: Fernglas.

Klöntür: Zweigeteilte Tür, über die hinweg es sich herrlich klönen, also plaudern lässt.

Knutt: Mitglied der Familie der Schnepfenvögel und absoluter Star im Formationsflug.

Köm: Kümmelschnaps.

Mandränke: Bezeichnung für die großen Sturmfluten, bei denen viele Menschen ertrunken sind.

Pesel: Die gute Stube des norddeutschen Bauernhofes, die im Gegensatz zur Döns nur zu besonderen Anlässen genutzt wurde. Früher jedenfalls.

Priel: Wasserlauf im Watt und auf den Halligen.

Rumsager: Amtliche Bekanntmachungen, von Geburt bis Todesfall, wurden früher auf den Halligen »rumgesagt«. Die Kinder und Jugendlichen informierten alle Haushalte und bekamen dafür etwas Geld. Ganz so zuverlässig wird heute wohl nicht mehr jedes Haus besucht, aber den Brauch gibt es noch.

Treibsel: Rückstände, die das Wasser bei Landunter auf den Warften zurücklässt.

Warft: Künstlich aufgeschütteter Hügel, auf dem meist Häuser stehen und der bei Landunter aus der Nordsee ragt.